KB065404

서른을 배우다

대한민국 여성들의 멘토 남인숙의 서른 살 응원가

서른을 배우다

남인숙 지음

| 차례 |

프롤로그

꽃피는 서른이다

"어른들이 제 나이가 한창 좋을 때라고, 부럽다고들 많이 이야기하세요. 저도 그런 것 같아요. 그런데 전 행복하지가 않네요."

이십대 독자들이 자주 내게 해오는 말이다. 그들은 이십대가 가장 눈부신 시기라는 것을 잘 알면서도 아무것도 결정되지 않은 당장의 삶이 버거워 죽을 지경이다. 그들은 자신의 삼십대가 가시적인 열매도 없이 피부의 싱싱함만을 잃은, 아무것도 아닌 것이 될까봐 두렵다. 삼십대의 여유가, 실은 아무도 부러워하지 않는 체념 같은 것이 될까봐 무섭다. 그러면서도 그들은 삼십대들이 청춘에 이별을 고한 대가로 받은 삶의 여유가 부럽다.

그러나 단언하건대, 서른이 되어도 삶은 쉬워지지 않는다. 스무 살 때는 몰라서 고통스럽다면 서른 살 때는 알아서 혼란스럽다. '초보 어른'으로 살아야 하는 이십대보다 확실히 세상사는 법에 유능해지기는 했지만, 그 이상으로 인생의 과업이 많은 시기가 삼십대이기 때문이다.

그래서 힘들고, 또 힘들다. 오랫 동안 수많은 독자와 기획자로부터 삼십대 여자의 삶을 위한 책을 써 달라는 요구를 숱하게 받았음에도 엄두를 내지 못했던 이유가 이 때문이었다. 그 어떤 삶을 택해도 삼십대들은 힘들기 때문에 이렇게 살면 된다는 모델을 자신 있게 제시할 수가 없었던 것이다. 하지만 시간이 흐르고 멋진 삼십대 여자들을 많이 만나면서 나는 그 힘든 삶 속에서도 그녀들이 행복하다는 것을 알게 되었다.

"만약 이십대로 돌아갈 수 있다면 어떻겠냐고요? 그런 끔찍한 소리 하지 말아요."

이처럼 전쟁 같은 삶을 살면서도 삼십대인 지금을 사랑하는 그녀들에게는 공통점이 있었다. 그녀들은 단호하면서도 따뜻하고, 깍듯하면서도 솔직하며, 쿨한 듯하면서도 질기다. 또한 그녀들은 살면서 수없이 부딪히는 일상사에서 '자신만의 정답'을 가지고 있다. 어떤 결정을 내리는 데 있어서 자신만의 뚜렷한 기준을 가지고 있고, 다른 사람이 자신의 기준에 동조하지 않는다고 화를 내지도 않는다. 그녀들의 성향을 한마디로 표현하려다 보니 '온화한 독종' 이라는 말이 자연스레 떠올랐다.

그렇다. 그녀들은 뜨겁게 타올라 한순간 재가 되는 뜨거운 모닥불은 아니다. 한때 그렇게 살았을 수는 있으나, 이제 그녀들은 지긋한 온기를 간직한 채 오래 꺼지지 않는 연탄불이 되었다. 뒤돌아보면 나 역시 스스로 참담하다 싶을 만큼 힘들었던 이십대를 극복하고 그런대로 살맛나는 삼십대를 맞이할 수 있었던 것도 불꽃같은 열정보다는 절대로 불씨를 꺼뜨리지 않으려고 분투하던 독기가 있어서 가능했다.

화려한 불꽃은 접어두었으나 은근한 온기를 품고 있는 그녀들은 속으로 독한 여자들이다. 하지만 그녀들의 독기는 불땀 좋은 장작불처럼 주변을 모두 불태우는 대신 따뜻하게 덥힐 뿐이다. 그래서 그녀들은 어느 누구에게서든 "독하다"는 말은 듣지 않는다. 나는 서른 살의 여자가 자기 삶에 자부심을 가지기 위해서는 누구나 '온화한 독종'이 되어야 한다고 믿는다. 시대가 독해서 더 그렇다.

어떤 나잇대든지 그 나이가 주는 선물이 있다. 서른은 젊음과 삶에 대한 익숙함이 공존하는 절묘한 시기이다. 인간으로서의 매력이 절정에 달하며 가장 일을 잘할 수 있는 시기이기도 하다. 그런 시기를 진짜 어른이 된 부담감에 짓눌려 하루하루 생존하기 바쁜 생활인으로 전락해서 살 것인가, 아니면 자기 삶의 절정으로서의 꽃피는 서른 살을 살 것인가는 어느 누구도 아닌 나 자신에게 달려 있다. 앞으로 이 책에서 함께할 '온화한 독종'들이 그 길을 찾도록 도울 수 있기를 간절히 바랄 뿐이다.

부드러운 게 진짜 독한 것이다. 이걸 알았다면 당신은 이미 꽃피는 서른인 것이다.

01

부드러운 사람이 이긴다

물처럼 연하고 약한 것도 없다.
그러나 물은 깨지거나 망가지지 않는다.
특별한 모양이나 날카로움이 없는데도
다른 것에 천천히 스며들어
커다란 힘으로 그것을 무너뜨린다.

노자

나에게는 독하게, 남에게는 부드럽게

오래 전, 취재 때문에 성공한 여성 기업인들을 만나고 다니던 기자에게 물은 적이 있었다. 그녀들이 정말 기업 드라마에 나오는 임원처럼 성격이 칼 같고 지적이며 카리스마가 넘치는 사람이냐고 물었다. 그러자 그에게서 예상과 다른 대답이 나왔다.

"아뇨. 뭐랄까…… 다른 곳에서 우연히 만난다면 그저 사람 좋고 푸근한 옆집 아줌마구나 생각할 만한 사람들이 많았어요. 오너나 그 가족을 제외하고 기업에서 오래 살아남은 여자들 중에는 오히려 그런 사람들이 드물어요."

그 이후 나도 일하는 여자들을 수없이 만나게 되면서 그의 말이 틀리지 않다는 것을 확인할 수 있었다.

우리의 선입견을 충실히 반영해주는 숱한 드라마에서 묘사되는 사회적으로 성공한 중년 여성들은 한결같이 바늘로 찔러도 피 한 방울 나오지 않을 것처럼 말하고 행동한다. 마치 그렇게 독하지 않으면 성공할 수 없다는 듯이 보인다. 하지만 현실의 사회에서 살아남는 사람들 중 그런 식으로 독한 사람은 그리 많지 않다. 의외로 빈틈이 좀 있거나 어느 자리에서건 수더분하게 스며드는 사람들이 대부분이다. 그들은 일할 때는 같은 처지의 남자들보다 철저하고 깐깐하게 굴기는 하지만 그 외의 관계에서는 결코 남의 마음을 다치게 하지 않는다. 일 잘한다는 이유 하나만으로 주변 사람들이 히스테리를 다 받아주는 고위급 커리어 우먼은 드라마 안에서만 존재할 뿐이다.

유수한 기업에서 승진 가도를 달리고 있는 한 여성은 이런 말을 했다.

"아직도 '나는 커피를 타거나 복사를 하기 위해 이 회사에 들어온 게 아니다'라며 그런 일들을 거부해서 회사 분위기를 엉망으로 만드는 신입들이 있어요. 그런데 요즘은 커피 타는 일에 남녀가 따로 있는 게 아니거든요. 누구든 아직 일에 능숙하지 않은 후배들이 잡무를 담당하면서 사회생활의 기본과 업무를 배우는 것입니다. 그런데 아이러니한 건 그렇게 경직된 태도로 남녀 차별을 거부하겠다는 여자들이 무거운 물건을 옮겨야 하는 자기 일에, 알아서 나서는 경우는 별로 보지 못했다는 거예요. 당연히 남자들이 대신 해줄 거라고 생각하지요. 그 친구들은 자기는 일로만 승부를 보겠다고 말하지만 남과 어울리는 일을 소홀히 하는 뾰족한 사람들이 일을 잘하는 경우는 드물어요. 결국 도태되고 말지요."

비단 조직 안에서 성공한 여자들뿐만이 아니다. 프리랜서 전문직이든 주부든 자기 삶에 자부심이 있는 중년들은 한없이 부드럽고 유연하다. 한마디로 그녀들은 남에게 독한 사람이 아니라 자신에게 독한 사람들이기 때문이다.

오랜 세월 수도를 해온 어느 수녀님의 진언이다.

"누가 봐도 거룩한 성녀 같은 이들이 힘든 수도 생활을 끝까지 견디지 못하고 수녀 옷을 벗는 경우가 많아서 다들 깜짝 놀라곤 하지요. 오히려 소탈하고 인간적으로 보이는 자매들이 끝까지 자리를 지키며 주님을 섬기는 경우가 많답니다. 수녀 안 할 것 같은 사람들이 주로 원장 수녀가 되는 셈이지요."

실제 원장 수녀는 대개 영화 〈시스터 액트〉에 나오는 사람처럼 숨 막히는 성격이 아니라는 말이다.

어느 분야에서든 진득하게 성공을 일구어내는 사람들이 의외로 자신의 역할에서 기대되는 전형적인 경직성에 얽매이지 않는다는 것은 재미있는 일이다. 그들은 내면의 독함을 자기 고집을 밀어붙이는 데 쓰지 않고, 무언가 이루어질 때까지 포기하지 않고 버티는 데 사용한다. 조용하지만 강하게 스스로를 통제하면서 주위와 유연하게 어울릴 수 있는 사람들이 결국에는 이기는 것이다.

물론 우리 주위에는 드라마 주인공처럼 제멋대로이면서 능력이나 배경만으로 승승장구하는 사람들도 분명히 있다. 그러나 그런 형태로 사는 일이 에너지를 얼마나 불필요하게 소모하는 것인지는 본인이 더 잘 알 것이다. 남들이 보는 것만큼 외부 세계와의 마찰에 의연하지 못한 그들은 결국 온화하게 변하거나 길어야 삼십대 중반을 넘기지 못하고 떠나고 만다.

앞서 성공한 여성 기업가들을 취재했다는 기자는 이런 말을 했다. "남성 위주의 기업 문화에서 살아남은 그분들이 얼마나 독했겠어요. 사람들은 그런 여자들이 남자들도 오줌을 지릴 정도의 여장부일 거라고 생각하지만 실은 그 반대예요. 부드러우니까 살아남을 수 있었던 거예요."

세상에 나와 경험을 쌓은 여자들이라면 안다. 삶을 경영하는 데 있어서 가장 큰 적은 바로 자기 자신이라는 것을. 그래서 현명한 여자들은 바깥세상의 장애에 민감하게 대응하느라 불필요한 에너지를 소모하지 않는 것이다. 세상과 자신을 탐구해야 하는 스무 살에는 좀 거칠어도 좋다. 에너지는 충만하고 잃을 것도 없는 시기이기 때문이다. 하지만 서른 살부터는 다르다. 딱딱한 껍질을 가지고 있지만 안으로는 맹탕인 어린 시절과는 다르게 속부터 단단하게 살을 찌워야 한다. 그래야 어떤 일에서든 성공할 때까지 포기하지 않을 수 있다.

남의 감정을 다치지 말라

만약 저승사자가 "너 대신 잡혀갈 가장 미운 사람을 한 명 대라, 그렇지 않으면 네 영혼을 당장 거두어가겠다"라고 한다면 누굴 지목할 것인가?

몇 년 전 누군가에게 똑같은 질문을 받았을 때, 나는 그날 아침 우리 집 대문을 가로막아 주차를 해놓고서도 "이곳은 법률상으로 도로이지 사유지가 아니므로 당신은 주차하지 말라고 말할 자격이 없다"고 대답하며 전화를 끊었던 어떤 남자를 가장 먼저 떠올렸다. 조금만 더 깊이 숙고했다면 부패한 정치인이나 전범, 연쇄살인마 등 더 잔인하고 용서 받지 못할 범죄를 저지른 사람들이 생각났을지도 모르지만 그 당시 나의 일순위는 나와 아무런 이해관계가 없는 그 남자였다. 경우는 다르지만 그때의 내 기분을 뉴욕 검찰청 검사장을 지낸 호건이라는 사람은 이렇게 설명하고 있다.

"의외로 살인사건 가해자들 중 잔인함과 사악함을 가진 사람은 극소수입니다. 남의 자존심을 건드리거나 모욕을 주는, 어찌 보면 사소하다고 할 만한 일들이 비극을 야기하는 경우가 더 많습니다."

수억 원의 사망보험금 같은 것보다 더 강력한 살인 동기가 바로 감정을 상하게 하는 것이다. 누군가의 감정을 건드린다는 것은 그처럼 위험한 것이다. 나는 가끔 남의 마음을 불편하게 하는 말을 아무렇지도 않게 하는 사람들을 보면 안쓰럽다. 특히 그가 나이가 좀 있는 사람일 경우에는 더더욱 그렇다. 감정이 상한 사람들은 자기 능력의 범위 안에서 상대방에게 최대한 불이익을 주려고 하기 때문이다.

초등학생 대상의 인기 있는 영어 학원을 운영하는 어느 원장은 내게 이런 고백을 한 적이 있다.

"원래 학부모를 상대하는 게 학생들을 가르치는 것보다 더 어렵습니다. 우리도 이골이 나 있어요. 그런데 근 일년 동안 아이에게 아무리 잘해줘도 트집을 잡고 무리한 요구를 하며 스트레스를 주는 유별난 학부모가 한 사람 있었어요. 까다롭게 굴어야 자기 아이에게 신경 쓸 거라고 믿는 것 같았어요. 그 어머니가 학원에 다녀가는 날이면 너무 기분이 상해 다른 아이들을 가르치는 데 지장이 있었어요. 선생님 한 분이 그 아이 담임은 못하겠다고 아예 학원을 그만둔 적이 있을 정도였지요. 돈을 덜 벌어도 좋으니 그 아이가 학원을 그만두길 바란 적도 있지만, 학원을 운영하는 입장에서 임의로 학생을 내보낸다는 것은 불가능한 일이었죠. 동네에 소문이라도 잘못 나면 어쩌려고요. 그런데 마침 그 아이가 방학 동안 휴가를 간다고 한 달 동안 등록을 하지 않은 거예요. 저는 '이때가 기회다' 라고 생각했지요. 한 달 뒤 다시 등록을 하겠다고 그 어머니에게서 연락이 왔을 때 저는 그 사이에 정원이 차서 아이를 받아줄 수 없겠다고 말했어요. 그 이후부터 학원 운영하기가 얼마나 편해졌는지 몰라요."

남의 마음을 불편하게 하는 사람들은 자신에게 대놓고 적의를 표하는 사람들과의 사소한 마찰이 그들이 성질을 부리는 대가의 전부라고 생각하겠지만 실제로는 그렇지 않다. 그들은 넉넉하게 넘겨받았을 수도 있을 동료의 일을 마감 직전에 넘겨받거나, 할인받을 수도 있었던 옷을 제값에 샀을 수도 있다. 어쩌면 가장 먼저 구조조정 명단에 올랐을 수도 있다. 하지만 그들은 왜 자신의 삶이 그렇게 힘든 것인지 진짜 이유를 끝까지 알 수 없을 것이다.

사람들은 흔히 "천재는 요절한다"고 여기지만 실은 "요절했기 때문에 천재로 인정받는 것"이라고 할 수 있다. 장수하는 천재는 범재가 되기 때문에 사람들 인식에서 사라지는 것이다. 천재들이 자신의 천재성을 오래 유지하기 힘든 가장 큰 이유는 특유의 뾰족함 때문이다. 천재들은 인간으로서의 삶에서 끊임없이 불이익과 상처를 받기에 천재성을 유지할 내적 동기를 잃게 되는 것이다. 오래도록 천재성을 유지하며 천수를 누린 소수의 사람들은 소탈하고 온화하게 타인과 어울리며 그들에게서 에너지를 받은 사람들이다. 장년기 이후의 아인슈타인은 따뜻하고 재미있는 성격이라 주변 사람들에게 인기가 많았고, 악마에게 영혼을 팔았다고 자타가 공인할 정도로 악명 높았던 인간성의 피카소조차 막상 사람들을 대할 때에는 관대하고 친절하며 매력적이었다고 한다. 실력만으로 모든 평범한 인간 위에 올라설 수 있는 천재들도 그럴진대 평범한 우리들이야 말할 것도 없다.

수박보다는 망고 같은 여자가 되어라

처음 망고라는 열대 과일을 접했을 때 뭐 이런 게 있나 싶었다. 과육이 지나치게 물렁물렁해서 껍질을 벗기는 동안 다 물크러졌고, 애써 껍질을 벗겨내도 터무니없이 커다란 씨가 걸려 마음놓고 먹을 수가 없었다. 과육에 씨가 박혀 있는 게 아니라, 씨에 과육이 입혀져 있는 과일이 망고였다. 나중에 먹는 법을 배우게 되면서 망고는 껍질이 아니라 씨를 제거해야 제대로 먹을 수 있는 과일이라는 것을 알게 되었다.

살을 뜯고 난 갈빗대를 연상시키는 길고 납작하고 거대한 망고씨의 존재 이유는 조금만 생각해보면 아주 당연한 것이다. 입에 넣으면 혀에 닿자마자 녹아내릴 정도로 연하고 부드러운 과육과 껍질을 갖고 있는 망고가 그런 씨 없이 어떻게 형태를 유지할 수 있었겠는가 말이다. 부드러움과 온기로 타인을 감싸줄 수 있는 사람이 강한 것이라고 하는 내 말에 간혹 반기를 드는 사람들이 있다.

"모르시는 말씀! 사람들에게 좋게 대하면 오히려 만만하게 보고 그걸 이용하려고만 들어요. 내가 성질 더럽다는 걸 보여주어야 세상 살기가 훨씬 수월해진다고요."

그것도 아주 틀린 말은 아니다. 오죽하면 "가는 말이 고우면 얕잡아본다"는 신종 속담까지 유행했을까. 온화함에는 조건이 따른다. 다름 아닌 '망고의 씨'가 필요한 것이다. 온화함에 필요한 망고의 씨는 다름 아닌 뚜렷한 주관과 자신감이다. 그것들이 결여된 온화함은 사람들에게 배려라기보다는 굴종의 신호로 보이는 것이다.

행동심리학자들은 두 사람이 모인 자리에서 서로를 대하는 태도를 보면 누가 지위가 높은 사람인지 구분할 수 있다고 한다. 남에게 더 많이 배려하는 사람이 지위가 더 높은 사람이라는 것이다. 누군가와 관계를 시작할 때 우위를 점하고 싶으면 자신감 있는 태도로 더 사려 깊게 상대를 배려하면 되는 것이다.

겉이 달콤하고 부드러운 망고보다는 겉은 단단하지만 속살이 달고 청량한 수박으로 사는 게 더 적성에 맞는다고 생각할 수도 있다. 하지만 사람들은 사는 게 바쁘고 고달픈 나머지, 단단한 수박껍질을 애써 갈라 그 안의 부드러운 속살을 맛볼 에너지나 의지가 없는 경우가 대부분이다. 서른 살이 되어 자신의 자리를 찾고자 한다면 수박보다는 망고 같은 여자가 되어야 한다. 하지만 누군들 태어나면서부터 망고였겠는가. 지금 서른 살을 만족하며 사는 여자들은 대부분 한때 수박이었다가 몇 번 깨져 속살을 다치고는 안으로 씨를 키워 망고로 변신한 여자들이다. 한편, 안으로 씨를 단단하게 키우다 보면 자연스럽게 망고가 되기도 한다. 이 험한 세상에서의 생존, 또는 그 이상을 위해서 가장 필요한 것은 아이러니하게도 부드러움인 것이다.

02

외로우니까 서른이다

홀로됨보다 더 끔찍한 것은
혼자 있을 수 없는 것이다.

몽테뉴

한국인의 80퍼센트가 그렇듯 나 역시 내향적인 성격을 타고났다. 성장기 내내 한 번에 한 명의 단짝 친구와만 어울려 다녔고, 여러 사람이 모인 자리에서는 존재감이 없었을 뿐 아니라, 쾌활한 성격으로 주목받는 친구들에게 열등감을 느낀 적도 있다. 이십대 초반까지 나만 내향적이고 내가 제일 외로운 줄 알았다. 그런데 그게 아니었다. 사람들은 누구나 어떤 상황에서건 결국은 혼자이며 지독히 외롭다. 그 편차는 우리가 흔히 생각하는 것만큼 크지도 않아서 기혼이건 미혼이건 외향적이건 내향적이건 외로운 것은 마찬가지이다.

스무 살의 나는 남자 친구도 없었고 마음을 털어놓을 친구도 없었다. 무척 외롭다고 느꼈다. 그런데 결혼해서 가족이 생기고 그들과의 사이도 좋으며, 내 이야기를 듣고 싶어 하는 수많은 사람들과 만나는 요즘에도 외로운 것은 왜 그런 것일까. 영화 〈브리짓 존스의 일기〉가 인기를 끌던 즈음에는 주인공이 셀린 디옹이 부르는 'All by Myself'를 따라 부르며 외로움에 몸부림 치는 장면에 신기할 정도로 감정이입을 하곤 했다

내가 늘 부러워하는 친구가 있다. 그녀는 낯선 이들에게 말을 거는 것을 두려워하지 않는, 누구나가 편안해하는 성격이었다. 나 역시 따뜻하고 재치 있는 그녀를 좋아했고 그녀가 나온다는 모임이면 거절하지 않고 무조건 나갔다. 어디를 가나 환영받고 사람들을 끌어들이는 그녀는 외로움 따위는 모를 것 같았다. 그런데 함께 술을 마신 어느 날, 나는 그녀가 중얼거리듯 말하는 소리를 듣고 아

연하지 않을 수 없었다.

"외로우니까 술이 느네. 캔 맥주 판매율이 왜 점점 느는 줄 알아? 나처럼 외로운 사람들이 자꾸 혼자서 술을 마셔서 그런 거야."

"네가 외로워? 너하고 술 마시고 싶어 안달인 사람들이 줄을 섰는데 왜 혼자 마시면서 외롭다는 거야?"

"너 그걸 모르는구나. 사람들하고 마시면 외로울 때가 더 많아."

내향적인 사람들은 외향적인 사람들이 자신과 다른 세계에 산다고 여기는 경우가 많다. 쓸쓸히 생일이나 크리스마스를 보낸다든지 결혼식장에서 단체사진을 함께 찍어줄 친구 머릿수 걱정을 하지 않아도 되는, 혹은 일에 필요한 인맥이 척척 닿는 삶이란 어떤 것인지 상상하며 부러워할 뿐이다.

그러나 그들도 외롭기는 마찬가지이다. 오히려 외향적인 사람들은 스스로가 자신감이 부족해 피상적인 인간관계에 집착한다고 느끼는 경우가 많다. 내향적인 사람들이 깊이 있는 인간관계에 열중하는 동안 농담이나 하며 분위기를 띄우는 자신의 삶에 회의를 느끼기도 한다. 알고 보면 쾌활하고 외향적인 사람들도 꾸준하게 관계를 맺는 사람들의 숫자는 내향적인 사람들과 비슷하며 오히려 적거나 아예 없을 수도 있다.

현실세계의 인간관계를 온라인에 구현한 페이스북의 사용자들은 평균 130명과 관계를 맺는다고 한다. 그런데 친구를 맺은 사람들의 숫자가 그보다 더 적거나 더 많은 사람들의 경우도 다르지는 않다. 그들도 자주 대화를 나누는 사람들은 4~5명 정도가 고작이라고 한다. 적어도 외로움을 덜어줄 만한 사람의 수로만 따지자면 성격이나 아는 사람의 수에 상관없이 평준화가 이루어져 있는 것이다.

혹자는 사람들이 성공하거나 돈을 벌기 위해 기 쓰는 것도 외로움의 발로라고 해석한다. 사회적 지위가 생기면 자연 주변에 사람이 모이고 그 사람에게 관심을 보이니 외롭지 않을 것이라고 기대한다는 것이다. 그러나 성공의 꼭대기에 올라가 본 사람들의 말에 의하면 올라가면 올라갈수록 외롭다고 한다. 미국의 정신분석학자 시어도어 루빈Theodore Rubin은 '어느 날 주변을 둘러보았을 때 아무도 없다고 느낀다면 그게 성공했다는 증거'라는 말을 하기도 했다. 우리들 중 상당수는 덜 외롭기 위해서 더 외로운 길로 가는 모순을 범하는 셈이다.

사람이 외로움을 느끼지 않는 순간은 단지 누군가가 곁에 있기만 한 것이 아니라 이해 받는다고 느끼는 순간이다. 그런데 아무리 가까운 사람이어도 나를 완전히 이해할 수는 없기 때문에 외로움을 느끼게 되는 것이다. 하지만 나 자신만이라도 스스로를 이해한다고 느끼면 타인이 주는 외로움을 담담히 받아들일 수 있다. 혼자인 사람이 아니라 자기를 이해하지 못하는 사람이 정말 외로운 것이다.

"혼자 있는 사람을 외롭다고 단정 짓는 것은 잘못이다. alone과 lonely는 비슷한 것 같지만 사실은 다른 것이다"라고 한 오쿠타 히데오의 소설 속 대사도 같은 의미일 것이다. 어쩌면 외로움은 극복되거나 사라지는 게 아니라 그저 받아들여야만 해결되는 문제인지도 모른다.

서른 살, 외로움을 받아들이다

A는 이메일을 열어보다가 오늘이 자신의 생일이라는 것을 알게 되었다. 평소 이용하는 인터넷 쇼핑몰, 미용실, 보험사에서 일제히 생일을 축하한다는 메일을 보내온 것이다.

"축하하려면 무료 쿠폰 같은 것이나 보내주지. 이러면 스팸메일과 다를 게 없잖아."

태연히 중얼거리며 이메일을 지우는데 그녀는 아주 갑작스럽게, 지독히 차가운 무언가가 가슴을 휩쓸고 지나가는 것을 느꼈다.

'내 생일을 기억해준 사람이 아무도 없다!'

고등학교, 대학교에서 친해진 친구들은 아무리 소원해져도 생일만큼은 서로 챙겨주곤 했다. 그래서 누군가의 생일이 곧 모임 날짜가 되었다. 그러던 것이 각자 사회생활과 연애, 결혼 등으로 바빠지며 전화로 대체되더니 얼마 지나지 않아 달랑 문자 한 통으로 대신하게 되었고, 이제 그마저도 끊기게 된 것이었다.

'잠깐, 내가 다른 친구들 생일을 다 챙겼던가?'

다이어리를 펼쳤더니 친구 두 명의 생일이 지나가 있었다. 그 친구들도 자신처럼 얼마간 섭섭해하다가 이내 받아들였을 것이었다. 이제 서로가 목숨처럼 생일을 챙기던 이십대는 갔구나 하고 말이다. 자신도 친구들의 생일을 잊은 데다, 다들 자기 인생 살아내기도 바쁜 처지를 충분히 이해하면서도 걷잡을 수 없이 쓸쓸해졌다. 다 큰 자식 생일 챙기는 일을 간살스럽게 여기는 데다 건망증까지 심해진 부모님, 애초 생일 같은 건 모르는 척하자고 암묵적으로 합의

해버린 오빠와 여동생의 축하까지도 새삼 아쉬워졌다.

아무렇지도 않게 보고서를 쓰고 회의를 하면서도 무심코 고개를 들 때 빌딩 사이 하늘이 보이면 그 작은 틈새로 아주 익숙한 감정이 비치는 것이었다. '외롭다!'

이십대까지는 친구가 많다는 것이 매우 중요하다. 학창 시절에 만나 지금까지 관계를 유지하고 있는 친구들이 인생에서 순수한 감정으로 만날 마지막 친구들이라고 생각하기 때문이다. 지금 만나고 있는 친구들을 놓치게 되면 평생 친구라고 부를 수 있는 사람들을 다시는 만나지 못할 것이라는 불안감을 갖고 있다. 그래서 '이름하여 친구'인 사람들에게 끊임없이 상처를 받으면서도 억지로 관계를 유지하게 되는 경우가 많다. 그러나 파란만장한 이십대를 거쳐 서른에 이르게 되면 이제 더 이상 그런 관계를 유지할 필요가 없다는 것을 깨닫게 된다. 그토록 집착하던 '순수한 시절'의 친구가 '이해관계가 뒤얽힌 사회'에서 만나 친해진 친구보다 그리 나을 것도 없다는 것을 알게 되는 것이다.

또한, 서른 즈음이면 이제 고만고만하던 친구들 사이에서 층위가 갈리게 된다. 대기업에 입사해 자리를 잡은 친구가 해마다 해외여행을 다니고 자기 차도 있는 반면, 아직 제대로 된 일자리를 잡지 못한 친구도 있다. 넉넉한 시댁이나 부모님 덕에 비싼 아파트에서 결혼생활을 시작하는 친구가 있는 한편, 세탁기 놓을 자리도 따로 없는 노후주택에 방 한 칸 얻어 살림을 시작하는 친구도 있다. 같은 학교, 같은 지역이라는 비슷한 환경에서 친해진 그들은 이제 더 이상 비슷하지 않은 친구들을 보며 이질감을 경험하게 된다. 특히 형편이 못한 쪽은 낯선 이들의 출세보다 오히려 친구의 신분 상승에 더 큰 상대적 박탈감을 느끼기 때문에 이쪽에서 먼저 관계를 놓아 버리기 쉽다.

혼자 있는 시간을 즐겨라

무엇보다도 삼십대에는 사는 게 너무 피곤하다. 사회생활이 바쁘면 바쁜 대로, 무직으로 지내거나 전업주부로 살아도 그 나름대로 인생의 짐이 무겁고 스트레스가 많다. 그 와중에 성격이 맞지 않는 친구의 비위를 맞춰줄 에너지가 남아 있을 리 없다. 그러다 보니 차차 인간관계는 단순하게 정리되고, 시끌벅적하게 몰려다니며 서로의 외로움을 방지해주던 친구들과의 연대는 해체된다.

서른에는 주어지는 인생 과제가 많다 보니 그 과제에 관련된 사람이 아니고서는 만나기가 힘들다. 내키지 않아도 잘 지내야 하는 사람들과의 관계에 치이다 보면 쉴 때에는 차라리 혼자 있는 것을 선택하는 사람들이 많다.

그러나 아무리 자신이 능동적으로 선택한 것이라 해도 외로움은 외로움이다. 생일을 기억해주는 사람이 없어 외로움을 느낀 A가 그랬듯 거추장스러워서 모두 떨쳐버린 인간관계가 쓸쓸한 존재감을 드러낼 때가 종종 있는 것이다. 너무 많은 사람을 만나느라 정작 외로움을 덜어줄 사람은 만날 수 없는 시기, 군중 속의 외로움과 물리적인 외로움이 반복되는 서른은 그래서 가장 외로운 나이이다.

서른이 외로운 것은 외로움을 받아들일 준비가 되어 있어서이다. 공감하지 못하는 사람들과의 공허한 만남을 거부할 수 있는, 그래서 허울을 벗어던진 순수한 외로움과 오롯이 마주할 수 있는 나이가 서른이다. 그러니 건강한 서른이라면 외로워야 마땅하다.

전에 혼자 조조영화를 보고 왔다고 하자 사람들이 의외의 반응을 보였다. "너 왕따냐?" "궁상맞게 무슨 짓이냐?" 등등 주로 내 처지를 불쌍히 여기는 이들이 많았다. 그러나 그것은 내 스스로가 선택한 것이었다. 실은 그 영화를 보고 싶어 하는 친구가 있어 시간을 맞춰 함께 볼 수도 있었다. 나는 그녀와 함께 영화를 본 감동을 나누며 맛있는 밥을 먹고 싶기도 했고, 한편으로는 내 마음이 동할 때 홀가분하게 나가 남 눈치 안보고 눈물 흘리며 영화를 보고 싶기도 했다. 갈등 끝에 후자를 택했고, 그날 나는 혼자 즐거웠다.

적어도 서른 이후, 정말 불쌍한 사람은 혼자 있는 자신을 불쌍히 여길 줄 밖에 모르는 사람이다. 자신과의 연애가 즐거운 사람은 어쩌면 타인과의 연애나 결혼이 늦어질 수도 있다. 그러나 언제든 누군가와 함께하게 될 때 상대방 때문에 외로울 가능성은 줄어들 것이다. 그것은 사람이기에 필연적으로 감내할 수밖에 없는 외로움을 수용하며 상대방에게 너무 많이 기대지 않기 때문이다.

마음껏 외로워하라. 외로우니까 서른이다. 그러나 외로움 때문에 소외감이나 자괴감을 느끼지는 말자. 지금 세상 가운데 혼자인 당신은 오히려 생전 처음 자기 자신과 안면을 트고 연애를 할 절호의 기회를 맞고 있는 것인지도 모른다.

03

적을 만들지 말라

언젠가 나는 아이젠하워 장군의 아들 존에게 그의 아버지가
다른 사람에게 원한을 품는 것을 본 적이 있느냐고 물었다.
그는 이렇게 대답했다.
"아니오. 아버지는 절대 본인이 좋아하지 않는 사람들을 생각하느라
시간을 낭비하지 않습니다."

데일 카네기 『자기관리론』 중에서

J는 거래처 김 과장에게 전화를 하기 전 잠깐 숨을 골랐다. 그 경우 없는 인간이 실수로 납품 물량을 잘못 기입하는 바람에 수량이 맞지 않은 물건들이 오갈 데 없이 창고 앞 길거리에 묶여 있다는 전화를 받은 것이다. 김 과장은 그 책임이 J에게 있다는 식으로 말해서 상사가 노발대발해 있었다.

'죽여 버리고 싶다!'

한국말로 존재하는 모든 욕들을 머릿속에 떠올리면서도 그녀는 일단 일을 해결하는 게 먼저라는 생각을 했다. J는 감정적으로 말이 나가지 않도록 조심하면서 김 과장과 통화를 했다.

"서류상으로는 맞지 않더라도 일단은 창고로 물건들이 들어갈 수 있게 조처해주실 수 없나요? 수고스러우시겠지만 김 과장님이 담당자와 직접 통화해주시면 안 될까요?"

당연히 그가 해야 할 일을 부탁하듯 말하는 동안 속에서 천불이 났지만 용케 부드러운 태도를 유지했다.

결국 일은 잘 해결되었고, 그녀는 화장실 거울 앞에서 김 과장의 전화를 받게 되었다.

"어머, 일이 잘 풀려서 다행이에요. 김 과장님 고생하셨어요……. 제가 식사 대접 한 번 할게요……. 감사합니다."

J는 전화를 끊는 순간 거울 속의 자신과 눈이 마주쳤다. 거울 속의 그녀는 미소를 짓고 있었다. 그 얼굴이 어찌나 낯설던지 J는 희미하게 머금고 있던 미소를 일순간에 거두어 버렸다.

'그 짜증나는 인간이랑 통화하면서 어떻게 웃을 수가 있지? 나, 이렇게 가식적인 인간이 되어버린 건가?'

그날 저녁 그녀는 친구들과 만나 웃고 떠들면서도 그 일이 잊히지 않았다. 친구들을 대하는 자신의 모습 또한 가짜가 아닌지, 혹은 사람과 사람 사이에 진심이라는 게 존재하는지 회의가 느껴지는 것이었다.

사회생활을 시작하고 몇 년을 지낸 여자들은 사회적 관계에 대해 갈등을 느끼고 인간관계의 색깔에 대해 고민하기 시작한다. 학창 시절에도 나름대로 인간관계에 신경을 써왔지만 사회에 나가 사람들을 대하는 것과는 전혀 차원이 다르다. 화장실에서 몰래 울어도 보고 온밤을 뜬 눈으로 지새워보기도 하며 겨우 익숙해지기는 했지만 이제는 사람들을 대하는 자신의 진심에 대해 의심을 품게 된다. 사적인 관계에서 사람들을 대할 때조차도 사회생활에서 단련한 인간관계의 기술이 적용되는 것이 느껴지고, 실은 그리 원하지 않는 관계를 유지하거나 연출된 모습을 보일 때가 있기 때문이다. 사람을 대하는 데 이골이 나기 시작하는 여자들은 수시로 가면을 뒤집어쓰는 자신의 정체성에 의문을 품기도 한다.

우리가 상황에 따라 쓰는 이런 가면을 심리학 용어로 '페르소나Persona'라고 한다. 심리학자이자 정신분석 의사인 칼 융Carl Jung이 처음 쓰기 시작한 말인데, 말 그대로 어릿광대의 가면을 뜻하는 단어에서 따왔다. 그런데 이 페르소나를 가식이나 거짓으로 이해하면 곤란하다. 사람은 처해진 사회적 상황에 따라 다른 역할을 요구받게 되는데 그에 맞추어 쓰는 게 이 페르소나이다. 사람에게는 누구나 여러 개의 페르소나가 있기에 사회에 무사히 적응할 수 있는 것이다. 만약 J가 덜떨어진 거래처 직원 김 과장에게 화를 내며 잘잘못부터 따지고 들었다면 그건 '무난한 거래처 직원으로서의 가면'을 벗었다기보다는 상황에 맞지 않게 '철없는 막내딸 가면'을 쓴 것이라고 말할 수 있다. 아무것도 하지 않고 혼자 방에 있지 않는 이상 완벽하게 사회적 역할을 벗어난 삶은 없기 때문이다.

서른이 된 여자는 그저 상황에 맞는 가면을 잘 골라 쓸 수 있게 된 것일 뿐이다.

상황에 맞게 가면을 바꿔 쓸 줄 알아야 한다

여러 역할을 경험해보고 각종 가면도 써본 서른 살 여자는 이제 사람들의 웬만한 행동에 대해 '그럴 수도 있지'라고 이해하게 된다. 반면 사람을 전처럼 완전히 믿을 수도 없게 된다. 환경에 쉽게 휘둘리고 나약한 사람의 본성을 이해할 수 있게 되면서 점차 "세상엔 좋기만 한 사람도 없고, 나쁘기만 한 사람도 없다"는 말에 고개를 끄덕이게 된다. 그래서 완전한 내 편도 완전한 적도 없다는 세상의 이치에 점차 동화되는 것이다. 남에게 원망을 사서 적이 되지도 않고, 남을 원망하는 마음을 품지도 않는 것을 종종 우리는 타협이라고 부른다. 서른 즈음 타협이 잦아지는 건 세상에 더럽혀져서가 아니라 이해의 폭이 넓어져서이다.

청춘의 분노는 또 다른 세상으로 나아가기 위해 알을 깨는 원동력이 될 수 있지만, 서른 살은 더 이상 분노와 원망을 품어서는 안 되는 나이이다. 인간의 생산력이 절정에 이르고 이십대에 키워놓은 저력을 마음껏 발휘해야 할 시기에 그처럼 에너지 소모가 큰 감정을 품는다는 것은 엄청난 손해가 아닐 수 없다.

학교를 졸업하자마자 창업을 한 M은 믿었던 공동 창업자이자 친구에게 배신을 당했다. 모든 걸 다 잃고 원망에 치를 떨며 이십대 후반부터 삼십대 초반까지의 시간을 보낸 그녀는 날마다 예배당에 가서 저주의 기도를 퍼부었다.

"저는 사람들을 믿었던 죄밖에 없는데 왜 저에게 이런 형벌을 주십니까? 이러고도 당신이 존재한다고 할 수 있습니까? 당신이 세상에 있다면 그 악한 인간이 끔찍한 벌을 받게 해주세요."

어느 날, 그녀는 성경을 읽다가 아무 죄 없이 고초를 겪고 죽을 위기에 처한 다윗이 했던 기도가 눈에 들어왔다. 그때부터 자신도 그 내용을 따라 기도하기 시작했다.

"그를 벌하지 마옵시고, 대신 그 벌을 저에게 복으로 돌려주시옵소서."

그렇게 하고 나니 전처럼 마음이 부대끼지 않았다. 비로소 M은 자신이 힘들게 쌓은 실패의 경험을 활용할 수 있는 건강한 상태로 돌아올 수 있었다. 그리고 자신의 기도대로 과거에 당한 것보다 더 크게 성공할 수 있었다.

영화나 드라마에서의 복수가 통쾌한 것은 시청자 대신 주인공이 원망과 분노를 품는 괴로움을 대신해주기 때문이다. 현실에서는 복수에 성공한다고 해도 그 기간 동안의 심적 고통을 고려한다면 그리 남는 장사가 아닐 것이다.

성숙한 서른 살 여자는 정의에 어긋나는 일을 맥 놓고 당하지도 않고, 자신의 능력이 닿는 범위를 벗어나는 일에 대해서는 차차 마음을 내려놓을 줄도 안다. 그래서 마음속에서 폭풍이 이는 이십대 때보다 더 행복할 수 있는 것이다.

자유자재로 가면을 바꿔 쓰며, 분노하지 않고 타협하는 자신을 있는 그대로 사랑하자. 철이 덜 든 것을 진실된 것이라고 착각하는 것은 이십대까지로 족하다.

오래된 관계는 재정비하라

T는 요 며칠 고등학교 시절부터 알고 지내던 한 친구 때문에 마음이 편치 않다. 친구와 저녁을 먹으며 이야기하다가 서로 감정이 틀어져 버렸는데 뒷수습을 어떻게 해야 하나 고민하고 있다. 그날 나온 이야기는 따지고 보면 별것도 아니었다.

T가 결혼을 약속한 남자 친구가 따기 어려운 자격증을 땄다는 말을 했더니 친구가 그에 대해 언짢은 말을 한 것이다.

"그거 나 아는 사람도 땄는데 투자한 노력에 비해서 별거 없더라고. 괜히 그거 믿고 연봉 올려 이직할 생각 말고 지금 다니는 회사에 꼭 붙어 있으라고 해."

"그 정도는 아닌 것 같은데……. 벌써 스카우트 제의한 회사도 있다는데? 지금 연봉보다 몇천만 원은 더 받을 수 있을 것 같대."

"에이~ 그건 아니다. 네 남자 친구가 허풍이 좀 있나 보다."

이쯤 되자, T는 돌이킬 수 없을 만큼 기분이 상해서, 그만 참지 못하고 십년 만에 처음으로 친구에게 화를 냈다. 친구는 그게 화를 낼 일이냐고 맞받아쳤고 그렇게 말다툼을 하다가 어색하게 헤어져 각자 집으로 돌아온 것이다.

학창 시절부터 그 친구는 은연중 T를 깔보는 태도를 버릇처럼 드러냈다. 친한 사이니까 허물없이 말한다는 식으로 자기 자랑을 늘어 놓다가도 T가 비슷한 말을 꺼내기라도 하면 들어주지 못하겠다는 표정으로 말을 돌리거나, 조언을 해준다면서 T의 옷 고르는 취향을 비웃곤 했었다. 그 친구를 열 번 만나면 그 중 예닐곱 번은 기분이 상해서 들어왔지만 그때마다 T는 스스로를 다독이며 마음을 다잡았다.

'그 아이가 말을 그렇게 해서 그렇지 잘할 땐 잘하잖아. 그런 이유로 친구를 쳐내다가는 내 옆에 사람이 남아나지 않을 거야. 그 아이 말에 그렇게 기분이 상하는 것도 어쩌면 내 자격지심 때문일지도 몰라. 사람의 진심을 볼 줄 알아야지.'

하지만 조금씩 나이가 들고 사람을 겪어 보니 이제는 그 친구의 진심이 의심되는 것이었다. 사람을 대하는 방식이나 습관이 다르더라도 자신에 대해 호감을 가진 사람의 마음은 금세 알아챌 수 있다. 그런 사람들은 잠깐 말실수를 하더라도 마음에 상처를 주지 않는다. 그 친구가 T를 진심으로 친구로 생각했다면 그렇게 지속적으로 기분을 상하게 할 수는 없을 것이라는 생각이 들었다.

'에잇, 모르겠다. 이번 기회에 그냥 관계를 끊고 마음 편하게 지내자.'

그러면서도 다른 한편으로는 알 수 없는 죄책감이 피어오르는 것이었다.

'십년 친구를 이런 식으로 잃는다는 건 나라는 사람에게 뭔가 문제가 있다는 뜻이 아닐까?'

T뿐만 아니라 이십대 중반을 지나 서른을 향해 달리는 많은 여자들이 오랜 친구와의 관계에 대해서 고민을 한다. 학창 시절에는 그들이 속한 세상이 좁았고, 친구를 만날 수 있는 사회적 공간에도 제약이 많았다. 그래서 잘 맞지 않는 친구들과 어울려 다니며 나를 억지로 끼워 맞추어야 하는 경우도 많았다. 그러나 학생이라는 직업에서 벗어나 다른 직업을 가지고 다른 사회적 관계를 맺게 되면서 이제 그런 친구들과 어울리는 일에 추가적인 에너지가 들게 된다. 그 에너지가 부담스러워지게 되면 T처럼 그 관계에 대해 재고해 보게 되는 것이다.

결론적으로, 오래 된 친구와 멀어지고 싶은 마음이 든다면 그렇게 해도 된다. 관계라는 것은 일방적인 것이 아니어서 한 쪽에서 그렇게 느꼈다면 다른 쪽에서도 이미 비슷한 감정을 느끼고 있는 경우가 많다. 서로를 놓아주고 그 시간에 더 다양한 사람들을 만나 새로운 인간관계의 장을 여는 게 피차 좋을 수도 있다. 만약 인연이 계속될 만한 친구라면 어차피 마흔을 넘기고 쉰을 바라볼 때쯤 다시 만나게 되어 있다. 그때는 사회생활이 쇠퇴기를 맞게 되면서 인간관계 또한 줄어든 중년들이 너도나도 옛 친구를 찾아 나서기 때문이다. 그 시기에 초등학교 동창회가 처음으로 생기고 각종 향우회가 조직된다는 말들이 심심치 않게 들려온다. 삼십대를 지나 마음의 여유가 생기는 시기가 되면 지금 그 친구와의 관계를 재평가하고 다시 인연을 이어가게 될지도 모른다.

더구나 T의 친구는 주변 사람을 깎아내림으로써 자존감을 유지하려는 습관이 있는 사람이다. 이런 사람을 친구로 두고 있으면 실제 본인의 가치와 상관없이 자존감이 심각하게 훼손된다. 인간관계뿐 아니라 삶 전반에 거쳐 직간접적으로 문제가 생기기 쉽다. 지금 T는 그 친구와 가장 가깝게 지냈던 이년이 자기 인생의 암흑기였다고 회고한다. 항상 우울했고 자기비하에 빠져 있었으며 어떤 일에든 자신감이 없었다. 그러면서도 그 원인을 정확히 몰랐던 것이다. T는 그 친구에게서 점차 벗어나 자신을 격려해주고 힘을 주는 사람들을 만나면서 삶의 색깔도 달라졌다.

친구는 포도주와 같아서 오래될수록 좋다는 말이 있지만, 포도주도 친구도 오래 되었다고 해서 좋은 것만은 아니다. 포도주의 맛은 숙성된 시간보다는 포도의 품종이나 포도가 생산된 해의 작황과 더 깊은 관련이 있다. 예를 들어 프랑스 보르도산 와인의 경우, 2000년에 생산된 와인이 몇 년 전 생산된 와인보다 더 비싸고 인기가 좋았다. 그해 보르도 지방의 작황이 '꿈의 2000년'이라고 불릴 정도로 좋아 포도 품질이 좋았기 때문이다. 고급 와인일수록 숙성되면서 더 맛이 좋아지는데 그래도 15년 정도가 한계이며 그 이후에는 맛이 유지되는 정도라고 한다. 저렴한 와인이라면 오히려 오래된 것보다는 최근의 것을 고르는 게 더 맛있게 먹을 수 있는 비결이라고 한다.

친구도 와인과 같다. 묵을수록 관계가 시큼털털해지는 친구라면 좋은 친구가 아닐 가능성이 높다. 그런 친구라면 이제 그만 집착을 거두고 다른 세상으로 나아가도 좋다. 다만 오래 되었다는 이유 하나만으로 나쁜 친구에게 에너지를 허비하기에는 내 인생이 너무 소중하다.

우리는 학교를 졸업하면 진정한 친구를 사귈 기회가 더는 없어질 거라고 생각하기 쉽지만 관계의 스펙트럼이 넓어지는 서른이 오히려 새로운 친구를 사귀기에는 더 좋은 때일 수도 있다. 서른의 당신은 예전 같으면 매정하다고 생각했을 만큼 단호해져도 좋다.

스무 살에는 한두 살 나이 차이도 친구가 되는 데에 장애가 되었고 저만치 윗세대는 전혀 다른 종류의 사람들처럼 생각했다. 우리 눈에 익숙한 할머니 연기자가 마치 태어날 때부터 할머니 얼굴이었을 것만 같은 느낌과 비슷한 것이다.

그러나 서른 즈음이 되면 이전에 그저 '아줌마'로만 보이던 중년 여성들의 얼굴에서 이십대 때의 얼굴을 찾아낼 수 있게 된다. 이제는 그들과도 친구로 지낼 수 있는 때가 된 것이다. 가장 시간이 없지만, 한편으로는 위아래 세대를 모두 이해하고 친구가 될 수 있는 시기에 '그저 오래됐을 뿐인' 친구와 멀어진다고 해서 아쉬움을 느낄 필요는 없다.

내가 좋은 사람이 좋은 사람이다

이 시기에 만나는 친구들에 대해 '깊이가 없다'는 회의를 느낄 수도 있다. 하지만 정말 속 깊이 마음을 털어놓을 수 있는 사람은 누구나 한두 사람에 불과하다. 깊지 않더라도 관계는 진실할 수 있으며, 그 관계를 통해 많은 것을 배우고 느낄 수 있다.

이제 서른의 당신은 사람의 진심을 알아보는 직관을 갖추게 되었다. 그러니까 내가 좋은 사람과 친구가 되면 된다. 내가 좋아하는 사람이 좋은 사람이다.

전에 한 모임에서 잠깐 알게 된 사람이 있다. 마주치면 인사나 하는, 겨우 얼굴만 아는 사이였는데 어느 날 내게 베푼 작은 친절에 대해 보답하려고 집으로 초대를 했다. 첫인상대로 그녀는 붙임성 있는 데다 친절한 사람이었고 그녀가 머물다 간 두어 시간의 티타임 내내 분위기는 화기애애했다.

그녀가 돌아가고 나는 평소처럼 가족과 함께 저녁시간을 보냈는데 이상하게도 내내 기분이 좋지 않았다. 기분 전환을 하려고 했지만 체기가 든 것 같은 답답하고 불쾌한 느낌이 가시지 않았다. 잠자리에 들 즈음, 무심코 듣고 흘렸던 그녀와의 대화가 하나하나 떠오르면서 비로소 나는 늦은 오후의 티타임이 문제였다는 사실을 깨닫게 되었다. 친절한 태도와 부드러운 말이어서 바로 알아차릴 수는 없었지만 그녀는 줄곧 내 앞에서 나를 헐뜯고 비난하고 있었던 것이다. 내가 내놓은 차와 과자, 내가 살고 있는 집의 채광 문제, 인테리어 소품, 내 아이가 다니는 학교, 내 취미 등 눈에 보이고 화제에 오른 모든 것에 대해서였다. 곁에서 누군가가 지켜봤다면 내가 예민한 것이라고 생각할 만큼 교묘했다. 그러나 그간의 반복된 경험으로 내 느낌을 믿는 게 낫다는 확신을 갖고 있었던 나는 그날 이후 의식적으로 그녀를 멀리했고, 개인적인 용무로는 얽히지 않으려고 노력했다.

몇 달 후에 나는 다른 경로를 통해 그녀에게 여러 가지 피해를 입은 사람들이 적지 않다는 사실을 알게 되었다. 내 느낌이 틀리지 않았던 것이다.

상대방이 품고 있는 악의를 미리 알고 있지 못하면 교묘하게 표현하는 비난을 쉽게 눈치채지 못하는 법이다. 잘 모르는 사람을 무조건 나쁘게 보는 것은 세상 살아가는 데 스트레스가 되기 때문에 우리는 일단 상대의 말을 좋은 쪽으로 해석하려고 애쓰는 일종의 방어기제를 작동한다. 나 역시 그런 이유로 보이지 않는 몽둥이를 무차별적으로 휘두르는 그녀의 공격에 아무런 저항도 하지 못하고 뭇매를 맞고 말았고, 이틀이나 얼이 빠진 상태로 지내야 했다.

그녀는 특별히 나에게 나쁜 감정이 있는 사람은 아니었다. 나쁜 감정이 생길 만큼 서로를 잘 알지도 못했다. 그녀는 그저 남이 가진 것을 헐뜯으면서 자기만족을 느끼는 종류의 사람일 뿐이었고, 우리 주변에는 그런 사람이 적지 않다. 그런 사람들은 경계성 성격장애를 가진 사람들처럼 나쁜 성격이 두드러지게 드러나지는 않기 때문에 사회생활에 별 문제가 없는 데다, 친해지지만 않으면 좋은 사람으로 보이기 쉽다. 그래서 평판이 나쁘지 않고, 어쩌다 그 사람

때문에 기분이 은근히 나빠져도 자신이 예민한 탓이라고 생각하게 만든다. 그런 사람들은 무언가 자신의 삶에 불만이 많고, 개선할 의지도 없으면서 주변의 모든 사람들을 자신과 같은 수준으로 끌어내리고 싶은 사람들이다. 그러면서도 영리하기 때문에 자신이 손해 볼만한 말은 쉽게 내뱉지 않는다.

이제까지 그런 느낌들을 그냥 무시하고 사람들을 만나왔다면 이제는 털어버릴 때이다. 만날 때마다 알 수 없는 이유로 온몸에 기운이 쭉 빠지게 하는 사람이 있다면 그 관계를 재고해보아야 한다.

그래도 자신의 느낌을 믿지 못한다면 마음을 열어도 좋을 사람을 알아볼 수 있는 방법이 있다. 회사에서 극적인 승진을 했다든지, 새로 남자 친구가 생겨 행복한 시간을 지내고 있다든지, 돈을 모아서 집을 사게 되었다든지 하는 소식을 전했을 때 그 사람의 반응을 보는 것이다. 그 사람이 진심으로 축하하고 기뻐해준다면 그 사람은 나에게 진심을 품고 있는 것이다. 의외로 사람들은 남의 기쁨보다는 슬픔을 나누는 것을 더 쉬워한다. 나를 뭔가 불순한 목적으로 만나는 친구라면 그는 내가 슬픈 일을 당했을 때 함께 술을 마셔 줄 수는 있을 것이다. 하지만 뭔가 좋은 소식을 전했을 때에는 소극적으로 반응하거나, 트집을 잡거나, 혹은 그에 대해 언급하는 것을 회피할 것이다. 그리고 정말 내가 남의 부러움을 살 만큼 성공한다면 곁을 떠날 지도 모른다.

“사람들은 어느 한 사람이 성공했을 때는 온통 잡아당기며 그 사람을 실패시키려고 기를 쓰다가 결국 그가 추락했을 때에는 또다시

도와주려고 하는 이상한 습성이 있다."

미국의 소설가 에드거 왓슨 하우Edgar Watson Howe의 말이다. 사회적으로 성공한 사람이나 유명 인사들은 위로 올라갈수록 친구들이 떨어져 나가는 경험을 하게 된다고 입을 모은다. 그건 흔히 생각하는 것처럼 그 사람들이 바쁘거나 사람이 변해서 그런 것만은 아니다. 사람들을 가장 힘들게 하는 게 "나와 같은 입장이던 친구가 나보다 잘되는 것"이기 때문에 상대적으로 안 좋은 처지에 남아 있는 친구들이 견디지 못하고 떠나는 경우가 더 많아서이다. 그러나 정말로 친밀한 관계라면 상대를 경쟁자로 보지 않기 때문에 진심으로 축하해줄 수 있는 것이다.

세상사와 인간관계에서 질보다 양이 중요한 이십대가 끝났다. 이제는 내가 잘되는 것을 진심으로 축하해줄 수 있는 소수의 친구와 그 외의 사람들을 구분해서 관심과 시간을 안배하는 지혜가 필요하다.

04

사랑하기엔 너무 많은 것을 알아버린

모든 일에는 양면이 있다.
가장 좋고 유리한 것도 그 칼날 쪽을 붙들면 고통이 되고,
반대로 불리한 것이라도 그 손잡이를 잡으면 방패가 된다.
모든 일이 불리하다 생각하며 근심하지 말고
유리한 쪽을 바라보라

발타자르 그라시안

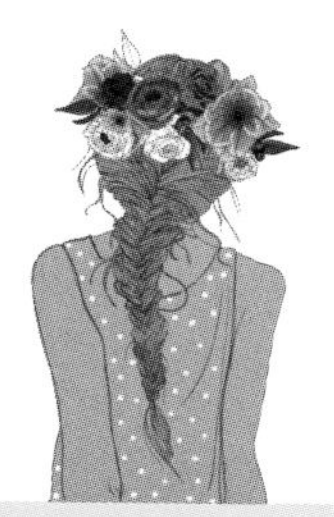

그 많던 남자들은 어디로 갔을까

2011년 일본 대지진 이후, 한국보다 미혼 비율이 더 높은 일본 30~40대 커리어 우먼들 사이에서 흥미로운 변화가 관찰된다는 보도가 있었다. 결혼정보회사 가입자 수가 15퍼센트 증가했고, 결혼반지의 매출도 비슷한 증가세를 보였다는 것이다. 참사 당시 사람들이 자신의 가족이 무사한지 걱정하는 것을 보면서 심경의 변화를 일으켰다는 분석이다. 그녀들은 극도의 불안감을 겪는 과정에서 '나도 누군가에게 없어서는 안 될 소중한 사람이 되고 싶다'는 생각을 하게 된 것이다.

서른을 맞은 여자들은 가슴이 설레고 5분에 한 번씩 상대의 얼굴이 떠오르는 사랑보다는 그 사람이 떠오르면 안도감이 드는 사랑을 필요로 한다. 이제는 잘 알지도 못하는 이성들에게 선망의 대상이 되기보다는 어느 한 사람에게 '소중한 사람'이 되고 싶은 것이다.

이 무렵, 여자들은 호르몬이 넘치게 흘러 미친 짓을 하게 만드는 사랑을 포기했으니 인연을 만나는 일이 좀 더 쉬워질 것이라고 생각한다. 하지만 현실은 그렇지 않다.

"우리나라 인구 비율을 보면 분명 남자가 여자보다 더 많은데 그 남자들은 다 어디에 있는 걸까요?"

내게 상담을 해오는 삼십대 미혼 여성들이 이구동성으로 하는 말이다.

실제로 소개라도 해줄까 해서 주위를 살펴보면 서른 살을 넘긴

미혼 여자들은 많고도 많은데 미혼 남자들은 눈을 씻고 봐도 없다. 그 또래 남자들에게 미혼인 직장 동료를 소개시켜 달라고 해도 "미혼인 직장 동료는 여자밖에 없다"는 말만 돌아올 뿐이다.

2010년 인구주택총조사 자료를 봐도 미스터리는 여전하다. 현재 대한민국에는 30~40대 인구가 가장 많고, 이 연령대 미혼 비율도 여자보다는 남자가 훨씬 높다. 그런데도 "남자가 없다"는 아우성이 한국 인구의 절반이 사는 수도권을 뒤흔드는 것을 보면 삼십대 미혼 한국 남자는 통계상으로만 존재하는 유령이 아닌가 하는 생각이 들 정도이다.

이미 오래 전 결혼을 하고서도 한국 삼십대 여성의 미래를 내 일처럼 걱정하던 나는 남자가 없다는 것의 의미가 실은 '결혼해도 괜찮을 남자'가 없다는 뜻이라는 당연한 현실을 확인하게 되었다. 어느 정도 직업이 안정된 삼십대 여자들은 '대학 교육을 받고 안정된 직장을 가진 남자'라는 아주 한정된 결혼 조건을 가지고 있다. 그러나 우리 사회에서 지극히 '평균적이고 평범해' 보이는 이 조건을 가진 삼십대 남자들의 상대는 아쉽게도 삼십대 여자들이 아니라 전 연령대 모든 조건의 여성들이다. 이십대 초중반부터 삼십대 후반까지 스스로 정한 결혼적령기의 범위가 넓은 여자들과는 달리, 그런 '평균적인' 남자들은 서른 살 전후 거취가 좀 안정되었다 싶으면 불과 몇 년 사이에 일제히 결혼해버린다. 거기에 평균 중에서도 조금 상위권으로 쳐줄 만한 남자들은 만혼晩婚이 대세라는 말이 무색할 정도로 일찍 결혼을 한다. '품절'이라는 표현이 더 이상 적절할 수가 없다.

혹자는 삼십대 여자들에게 갑자기 남자가 없어진 이유를 여자들이 예전의 미혼보다 우월해진 데에서 찾는다.

'여성의 대학진학률이 높아지면서 소득도 학력도 따라 급증했다. 신장은 영양상태의 호전에 따라 남녀 모두 커졌다. 하지만 학력과 소득 면에서 여성과 남성을 비교해보면 여성의 발전 속도가 훨씬 앞서갔다. 그렇게 발전이 남달랐던 여성들이 보다 나은 남성을 찾고자 위를 올려다 보니 몇 명 남아 있지 않았던 것이다.'(《결혼파업》 중)

결혼이 어렵다면 사랑이라도 하고 싶다

실제로 우리가 종종 '골드미스'라고 부르는 삼십대 이상의 직장 여성들이 짝을 찾지 못하는 것은 전 세계적인 현상이다. 여성들의 교육수준과 사회적 지위가 높아진 결과이다. 유럽에서야 일찌감치 결혼제도가 붕괴되다시피 했고, 중국의 '재고녀', 일본의 '하나코 상' 등 같은 뜻 다른 말로 불리는 집단이 나날이 커지고 있으며, 1950년대 이후 화목한 가정의 미국식 모델을 이상적으로 그려 온 미국도 마찬가지이다.

예전 여자들은 결혼 상대의 질(?)에 관계없이 무조건 결혼을 해야 했다. 하지만 이제 혼자서도 충분히 먹고 살 수 있는 여자들이 자신보다 못한 남자를 만나 삶의 질을 떨어뜨리느니 그냥 혼자 살기를 선택하고 있는 것이다. 아직 가정 내에 가부장적인 전통이 남아 있고, 결혼하면 핵가족이 아니라 대가족에 딸린 위성가족을 이루게 되는 한국에서라면 말할 것도 없다.

그렇다면 결혼하지 않고 사랑만 하는 것은 안 되는 것일까?

K는 한국에서는 드문 자발적 독신 여성이다. 대개 주변에서 결혼을 하지 않는 친구들은 결혼 자체를 거부하기보다는 '결혼에 목매지는 않을 뿐이다. 좋은 사람을 만나면 결혼하겠다'라는 주의인데 그녀는 달랐다. 직장에서는 펄펄 날던 친구들이 결혼만 하면 시댁 식구들에게 쩔쩔매며 주말마다 불려다니고, 집안일에 육아까지 떠맡는 것을 오랫동안 반복적으로 지켜보다 보니 결혼이라는 것에 대해 오만 정이 떨어지고 말았다.

그런 K에게 만난 지 한 달된 남자 친구는 연애 상대 그 이상도 이하도 아니었다. 그는 연극기획자였는데 결혼할 의지도 없고 형편도 안 되는 사람이었다. K는 처음부터 아무런 고민 없이 그를 만나기 시작했고, 함께 여가 시간을 보내며 외로움을 달래는 것에 만족했다. 그러던 어느 날, 공원에서 그와 함께 산책하다가 마주친 귀여운 아기 때문에 화제가 그쪽으로 옮겨갔다. 아기를 갖고 싶다는 그녀의 말에 남자 친구는 질색을 하며 이렇게 말했다.

"난 아기들이 싫어. 완벽하게 타인에게 기생하는 존재잖아."

"기생이라니? 표현이 좀 그렇다? 가족이고 핏줄인데."

"그 가족이니, 핏줄이니 하는 걸로 애정을 강요하는 게 싫다는 거야. 내가 널 좋아하는 것처럼 자연스럽게 감정에 충실한 관계가 좋지. 뭐, 어디까지나 내 느낌이 그렇다는 거야. 세상 사람들이 전부 나 같으면 인류는 멸망하겠지."

남자 친구의 입에서 분명히 자신을 좋아한다는 말이 나오고 있는데도 K는 그 순간 그에게 향했던 애정이 썰물처럼 빠져나오는 것을 느꼈다. 그 자신은 결혼하지 않겠다고 결심했으면서도, 막상 결혼과 연애를 철저하게 거부하는 그의 본모습을 접하자 그만 정나미가 떨어지고 만 것이다.

그날 그와 헤어져 돌아오는 길에 그녀는 이제 그와 결별할 때가 되었다고 생각했다. 그러면서도 한편 자신이 모순적이라고 느꼈다.

K의 감정이 앞뒤가 맞지 않는다고 여길 수도 있겠지만, 여자들은 일찍부터 그와 비슷한 경험을 한다. 대학 신입생 때의 미팅에서 마음에 드는 상대와 한두 번 만나면 벌써 그때부터 결혼을 하고 난 이후의 장면을 저절로 상상해보게 되지 않던가. 그때·정말로 상대에게 결혼하자는 말을 들었다면 뒤도 돌아보지 않고 달아났을 텐데도 그랬다.

심리학자들의 말에 의하면 여자들은 결혼할 마음이 없더라도 '좋은 남편이 될 만한' 남자에게만 사랑을 느끼게 된다고 한다. 문화인류학자들은 이것을 임신과 출산이라는 과정을 거치는 동안 자신과 아이를 보호하고 식량을 공급하는 남자를 필요로 했던 원시 시대의 진화의 흔적이라고 주장한다.

독신주의자인 K가 이런 마음이 들 정도인데, 충분히 결혼 의사가 있는 여자라면 어떻겠는가. 더구나 이제 사람을 알 만큼 알게 된 삼십대는 좋은 남편 될 싹수가 없는 남자들의 속내를 순식간에 알아챈다. 사랑이 점점 어려워질 수밖에 없는 것이다.

사랑에 빠지기엔 너무 많은 것을 알아버린

예전 어른들이 일찍 결혼하기 싫다고 하는 여자들에게 공통적으로 하는 말이 있었다.

"아무것도 모를 때 일찍 가라. 결혼은 알면 알수록 못한다."

나이가 들어가면서 여자들은 그 말이 진짜였다는 사실을 확인하게 된다. 하지만 그 '모르는 게 나을 뻔 했던' 현실을 그대로 끌어안을 만큼 결혼이 필수적이라는 데에는 동의하지 못한다. 실제로 어느 기업의 연구원에서 실시한 조사에 의하면 한국 삼십대 여자들 네 명 중 한 명만이 결혼을 '꼭 해야 하는 것'이라고 생각한다고 한다.

사람들은 삼십대 여자들이 사랑에 대해 지나치게 계산적이라고 말한다. 하지만 그녀들이 사랑에 대해 이처럼 까다로운 이유는 사랑에 쉽게 빠지기에는 너무 많은 것을 알아버려서이다. 어릴 때 "설마 그렇기야 하겠어?"라고 생각했던 일들이 "충분히 그럴 수도 있다"는 사실을 알게 되고, 사람이 가진 단점이 어떤 식으로 작용해 관계를 힘들게 하는지도 아는 나이가 되었다. 전에는 그런 단점과 위험에도 불구하고 사랑을 시작하기도 했지만, 이제 그녀들에게는 그 단점이 극복할 만한 것인지 시험해볼 의욕도, 시간도 없다.

연애 대상 후보군이 현저히 줄어드는 시점에서 서른 살을 맞은 여자들은 두 부류로 나뉜다. 눈치 없는 사람들이 망설임 없이 '노처녀'라고 부르는 삼십대 중반이 되기 전에 어떻게든 서둘러 짝을 찾아야겠다고 조급해하는 이들과, 찾아오는 결혼의 기회를 굳이 마다하지는 않을 테지만 연애보다는 일에 에너지를 쏟아붓고 싶은 이들이다. 하지만 후자의 경우 그들의 말이 "결혼을 하지 않겠다"는 것처럼 들리는 것은 세상 돌아가는 모양새가 심상치 않기 때문이다.

전에는 "짚신도 짝이 있다"는 속담이 어느 정도 들어맞고, "그러다가 평생 결혼 못하고 늙어죽는다"는 말은 농담에 가까웠다. 그러나 요즘은 "짚신도 짚신 나름이다"라는 말이 오랜 속담을 대신하고, '"너 그러다 결혼하지 못한다"라는 말은 확률 높은 악담이 되어버렸다. 드라마에 자주 등장하는 노처녀들이 도저히 그 나이의 외모일 수가 없는 부자 노총각이나 근사한 연하남과 로맨스를 만드는 게 얼마만큼 비현실적인 판타지인지는 그 나이가 되면 알 수 있다.

서른 살 즈음에는 사랑에 대한 태도를 결정해야 한다. 그것을 위해 자신에게 해야 할 질문이 한 가지 있다.

'나는 꼭 나보다 나은 사람과 사랑을 해야 하는가? 아니면 나보다 못한 사람과도 사랑할 수 있는가?'

B는 석사학위를 따고 기업체 연구원으로 들어가 몇 년째 일하고 있는 35세 여자이다. 수능을 망치고 원하던 곳이 아닌 대학에 다녔던 그녀는 졸업 후 명문대의 대학원에 진학해 콤플렉스를 해소하는 듯했다. 끊임없이 좀 더 나은 사람이 되기 위해 달려왔던 그녀는 이제 한숨 돌리고 결혼을 해야겠다고 결심했는데, 들어오는 소개자리가 예상 밖이었다.

빈털터리 사십대 회사원, 고졸인 식당 주인, 심지어 아이 있는 이혼남도 있었다. 어쩌다 B와 얼추 비슷하겠다 싶은 사람을 소개받아 기대를 잔뜩 품고 나가면 상대방이 마지못해 예의만 갖추고는 나중에 연락조차 하지 않기 일쑤였다. 나중에 주변 지인에게 솔직한 고백을 듣고서야 그녀의 나이만 듣고서도 소개받기를 거절한 남자가 한둘이 아니었다는 사실을 알게 되었다.

"저는 어릴 때, 막연히 제가 열심히 공부하고 일해서 더 나은 조건을 갖추게 되면 그에 비례해서 더 많이 배우고 더 능력 있는 남자를 만나게 될 줄 알았어요. 나이가 들긴 했지만 능력으로 상쇄할 수 있을 줄 알았죠. 그런데 결혼 상대로서의 제 가치가 능력에 따라 올라가는 건 정비례인데, 나이 먹을 때마다 떨어지는 건 제곱비례더라고요. 정말 이럴 줄은 몰랐어요. 하지만 제 친구 중에는 좋은 남자 만나 곧 결혼하는 아이도 있으니, 저도 희망을 가져보려고요."

B의 말에서도 알 수 있듯, 삼십대 초반까지라면 유유상종이라는 말에 들어맞는 이 상식이 어느 정도 통하지만 조금 더 나이가 들게 되면 이야기가 달라진다.

결혼하고 싶다면 적극적으로 인연을 찾아 나서라

2010년 인구주택총조사 자료를 보면 여성은 나이가 많은 미혼일수록 학력이 높고, 남성은 그 반대라는 것을 알 수 있다. 현재 한국에서 삼십대 박사 출신 여성(36.1퍼센트)은 초졸 학력 여성(26.7퍼센트)보다 결혼할 확률이 낮다.

요즘 들어 상향 조정된 결혼 적령기인 삼십대 초반을 넘어서면 이것은 아주 심각한 문제가 된다.

전보다 잘난 여자들은 앞서 말한 본능에 의해 학력, 재력 등 어느 한 가지라도 자신보다 우월한 면이 있는 남자를 원하지만, 그나마 남아 있는 극소수의 '잘난 여자보다 잘난 구석이 있는 남자'는 자신보다 훨씬 어린 여자를 찾기 때문이다. 그래서 결혼 정보 업체들은 여자가 35세, 남자가 40세까지 미혼이라면 평생 결혼을 하지 못할 확률이 급격히 높아진다고 본다.

서른 살, 아직은 자신의 일에 열정을 쏟아붓고 싶고 결혼은 자연스럽게 누군가와 인연이 닿으면 하겠다는 생각을 갖고 있다면 당신보다 모든 면에서 못한 남자도 사랑할 수 있는 마음의 준비를 해야 한다. 세상 모든 여자들이 호감을 가질 만한 남자는 이미 빠른 속도로 '품절'되고 있으니, 남들이 보지 못하는 매력과 장점을 발견할 수 있는 눈이 있어야 짝을 이룰 수 있다. 서구 여성들이 결혼 적령기에 크게 얽매이지 않는 것도 그녀들이 남자의 조건에 상대적으로 덜 예민한 것과 관계가 있다. 우리는 서구에 비해 여성이 오래 일하기 힘든 사회구조와 인식이 존재하고 사회안전망마저 전무하다시피 하니 상대와 자신의 능력을 고려해 경제적인 대비책을 철저히 세워두어야 할 것이다. 후진국일수록 여자들이 결혼할 때 남자들의 경제력을 따지는 데에는 다 그럴 만한 이유가 있다.

자신보다 못한 남자를 용납할 자신이 없다면, 일본에서 붐이 일어 우리나라에까지 전해진 말인 '혼활(결혼활동)'에 더 신경을 쓰거나, 그게 싫다면 독신에도 대비해야 할 것이다. 사람의 만남이라는 것을 지켜보면 확실히 인연이라는 것이 존재한다는 것을 알게 되지만, 그 인연도 찾아 나서는 사람이 찾을 확률이 높다는 사실 또한 확인하게 된다. 세상에서 가장 공평한 행운의 영역인 로또복권도 1등 당첨자의 95.8퍼센트가 정기적으로 복권을 구입하는 사람이라는 설문조사 결과가 있다. 하물며 사랑하기를 원하는 사람이 사랑을 찾기 위한 노력으로 확률을 높이는 일을 가치 없다고 여기는 것은 어불성설이다.

어쩌면 혼활에 거부감을 느끼는 수많은 여자들은 인생에 사랑보다 매력 있는 것들이 많다는 것을 알아버린 것인지도 모른다. 혹은 그 반대로 인생에 환멸이 느껴져서 사랑에도 흥미를 잃은 것일 수도 있다.

사랑에 대해 어떤 자세를 택하건 한 가지 분명한 것은 그 선택의 중심에 자신에 대한 이해와 사랑이 전제되어야 한다는 것이다. 그래야 혼활이 자신을 상품화하는 것이 되지 않을 수 있고, 결혼에 대한 보이콧이 울며 겨자 먹기 식의 합리화가 되지 않을 수 있을 것이다.

05

드디어 삶에 익숙해지다

남의 경험을 통해서 무언가를 배울 수 있을 만큼
현명한 사람은 없다.

벤저민 프랭클린

경험은 그 자체로 능력이다

미국의 어느 대학에서 재미있는 실험을 했다.

'전구 씹어 먹기' '바퀴벌레 삼키기' '머리카락에 불붙이기' '지붕에서 뛰어 내리기' '상어 떼와 헤엄치기' 등 누가 겪어도 불쾌할 것 같은 일들에 대해 실험 대상들이 측정기를 부착한 채 좋은 생각인지 나쁜 생각인지 대답을 하는 실험이었다.

어른들은 당연히 이런 일들에 대해서 즉각적이고도 본능적으로 불쾌감을 표시했다. 그런데 언뜻 보기에는 어른들과 크게 다를 바 없어 보이는, 머리 굵은 십대 아이들은 좀 달랐다. 그들은 그 모든 일들에 "나쁘다"라고 의견 표시를 하기는 했지만, 그 대답을 할 때 감정이 아닌 사고 능력을 관장하는 부분을 사용하고 있었다. 다시 말해, 그들은 전구를 씹어 먹거나 바퀴벌레를 삼키는 일 같은 것이 얼마나 불쾌할지 느끼는 게 아니라, '그런 것은 불쾌한 일'이라는 사실을 두뇌의 저장고에서 꺼내 온 것이다.

십대들의 두뇌가 이렇게 반응하는 이유는 어른들에 비해 경험이 부족하기 때문이라고 한다. 십대들이 안다고 믿는 많은 것들은 실은 정말로 아는 것이 아닐 가능성이 크다. 그러니 이런 십대들이 스무 살을 넘긴다고 갑자기 달라지는 것은 아닐 것이다.

B에게는 나이 차이가 꽤 나는 이십대 초반의 여동생이 있다. 그녀의 동생이 얼마 전 어처구니없는 일을 당했다며 하소연을 해왔다. 동생이 남자 친구와 데이트를 한다고 나가서는 울면서 집에 들어왔는데 말을 하지 않으려는 것을 구슬려서 들은 이야기가 기가

막혔다.

동생의 남자 친구에게는 다섯 살 위인 형이 있었다. 그의 형은 그 커플에게 가끔 밥을 사주곤 했다. 하루는 셋이서 술을 마셨는데 학교 기숙사에 사는 남자 친구 대신 자취집의 방향이 같은 형이 그녀를 집까지 바래다주기로 했다. 남자 친구의 형과 단둘이 택시를 탄 동생은 술기운이 오르기도 하고 어색하기도 해서 뒷좌석에 기대어 자는 척했다. 그런데 어느 순간부터 그 형이 그녀의 몸을 더듬기 시작했다. 동생은 놀라고 불쾌했지만 어떻게 행동해야 할지 몰라 끝까지 자는 척을 했다. 수십 분간 택시 안에서 추행을 당한 동생은 집에 도착하자 모르는 척 막 잠에서 깬 시늉을 하고 후다닥 집으로 들어갔다.

그런 일이 있은 며칠 후, 또 다시 형과 저녁식사를 하게 됐고 다시 택시를 타고 집으로 가게 되었다. 그런데 이번에는 술에 취하지도 않았는데 그 형은 옷에 뭐가 묻었다는 둥 하며 그녀의 가슴과 허벅지에 손을 댔다. 이번에도 동생은 소극적으로 대응하다가 울면서 집에 들어온 것이었다.

사건의 전말을 들은 B는 쓰레기와 다를 바 없는 형이라는 남자에게 분노를 느꼈음은 물론이고, 그 일에 금치산자처럼 대처한 동생에 대해서도 울화가 치밀었다.

"처음 그런 일을 당했을 때 단호하게 뿌리쳤어야지 그 더러운 일을 끝까지 당하고 있었어? 그리고 그런 일이 있었으면 남자 친구한테 말하고 진즉에 헤어졌어야지. 게다가 앞으로 일어날 일이 뻔한

데 그놈과 다시 만나고 택시까지 같이 탔다고? 너 대체 머리라는 것을 달고 다니는 애가 맞는 거니?"

동생은 언니의 말에 지지 않고 울면서 소리쳤다.

"상황이 그렇게 된 걸 어떡해? 그땐 나로서도 어쩔 수가 없었다고. 그렇지 않아도 속상해 죽겠는데 언니까지 왜 이래?"

진짜 어른이 되는 삼십대

나 역시 B의 동생 이야기를 들으며 답답하기 짝이 없었다. 하지만 우리 모두는 그 나이에 다시 기억하고 싶지도 않은 멍청한 짓을 했던 경험을 갖고 있다. 그건 우리가 젊기 때문이었다. 젊을수록 어떤 상황에 부딪히면 상식적이지 않은 대응을 할 때가 많다. 경험이 부족해서 그 상황에서의 상식이 무엇인지에 대한 자신의 판단에 확신을 가지지 못하기 때문이다. B의 동생도 그런 일을 당한 순간에는 친절하기만 하던 남자 친구의 형의 이상한 행동이 무엇을 의미하는지 판단이 서지 않았을 것이다. 그리고 남자 친구의 반응이 두려워서 내키지 않으면서도 형을 다시 만나고 함께 다시 단둘이 택시를 타는 등의 행동에 휩쓸렸을 것이다. 아무 일도 없었던 척 태연히 행동하는 형이라는 사람을 보고 그냥 그렇게 모른 척하는 게 상식인 것인지 혼란스럽기도 했을 것이다. 그리고 아마 그 상황을 벗어나 이모저모 따져보고 나서야 자신이 현명하지 않았다는 것을 깨닫고 후회했을 것이다. 몇 년 후, 그녀는 이 사건을 돌이킬 때마다 스스로의 머리를 쥐어박고 싶을 정도로 자책을 하게 될 것이다. 하지만 우리는 어리석은 행동을 했던 경험들을 통해서 점차 자신이 아는 상식을 적용해 상황을 통제하는 법을 배우는 것이다.

경험이란 그런 것이다. 뻔히 안다고 생각하던 것을 정말로 알게 해 주는 것.

사람의 몸은 20세가 되기 전에 완전히 성장하지만 두뇌의 성장은 그보다 늦은 28세 정도가 되어야 정점에 오른다고 한다. 그것은 어른이 된 몸으로 세상에 직접 부딪히면서 두뇌의 성장을 마저 이루라는 조물주의 뜻일지도 모른다.

그래서 경험이 부족한 이십대가 힘든 것이다. 명색이 어른이 되었고, 무엇이든 머리로 아는 것은 많아졌지만, 정작 어떻게 살아야 할지는 모르겠으니 막막하기 그지없다. 더구나 십대 시절을 꼬박 입시에만 매달리며 각종 경험을 유예한 채 공부하는 기계로만 살았던 한국의 젊은이들은 더할 것이다.

이십대 중반에 대학을 졸업하고 본격적인 사회 경험을 시작한 우리는 서른 살 무렵이 되어서야 경험을 통해 '아는 것'을 '느끼는 것'으로 바꿀 수 있고, 그 능력을 바탕으로 자신의 진짜 모습을 깨달아 또 다른 인생을 모색하게 되는 것이다. 우리는 우리가 짐작하고 있었던 것보다 훨씬 늦되다. 그래서 서른이 되어서야 어른으로 다시 태어난다.

탄력을 잃은 턱선에 첨단기기도 잘 다룰 줄 모르면서 하는 일 없이 명령만 하는 것으로 보이는 선배들을 전과 다르게 보기 시작했다면, 출신 학교보다는 경력으로 사람의 능력을 평가하는 자신을 발견했다면, 이제 서른의 문턱에서 진짜 어른이 된 것이다.

이제는 선배들이 "너는 젊어서 좋겠다. 부럽다"라고 말했던 게 실은 인사치레였다는 것을 깨달을 때가 되었다. 기대보다 이루어놓은 게 없는 서른 살의 삶이 헛헛하기는 해도 이십대로 돌아가고 싶다는 생각은 들지 않을 것이다. 되돌아보면 멍청하기 짝이 없었던 스무 살의 삶이 너무나 고통스러웠기 때문이다. 이제까지 겪은 시간과 경험 자체가 크나큰 재산이라는 것을, 비록 한 번도 인정한 적이 없을지라도 우리는 이미 알고 있다.

경험은 그 자체로 능력이 되기도 한다. 흔히 시험공부도 기억력이 좋은 젊은 시절에 더 잘할 수 있는 것으로 알고 있지만 경쟁률이 백대 일이 되는 공무원 시험에서 연령제한을 폐지한 후 고령 합격자들이 무섭게 늘고 있는 걸 보면 꼭 그렇지만도 않은 것 같다. 실제로 지능은 뇌세포의 숫자보다 뉴런과 뉴런을 연결하는 시냅스라는 일종의 통신망이 얼마나 긴밀하고 단단하게 발달되어 있느냐에 의해 결정된다. 그리고 그 시냅스의 발달과 깊은 관계가 있는 것이 경험이다. 또한 그동안 삶을 통해 쌓은 지식은 이십대 후반부터 쇠퇴하는 기억력을 보강하는 역할을 하고도 남는다고 한다.

일례로, 고등학교 시절의 나에게 한국지리 과목은 가장 재미없고 어려운 과목 중 하나였다. 지도나 축척도 헛갈렸고, 고장의 위치나 특성, 특산품 같은 것은 아무리 외워도 금방 잊기 일쑤였다. 나뿐만 아니라 한국지리는 문제 풀기가 까다로워서 내신을 깎아먹는 주범으로 인식돼, 고3이 되었을 때에는 그 과목을 택하는 학생들이 드물 정도였다. 하지만 지금 그 당시 그토록 어려웠던 문제들을 다시 보면 헛웃음이 나올 뿐이다. 밤새 우겨넣듯 외우고는 시험 보고 바로 잊어버렸던 그 내용들이 이제 보니 살면서 저절로 알게 되고 또 경험을 통해 쉽게 유추할 수 있는 것들이기 때문이다. 어디 한국 지리뿐이겠는가. 경제, 역사 등 어렵기만 했던 사회과학 분야나 언어 등도 학창 시절보다 오히려 이해가 쉽다.

서른은 그런 경험들이 적지 않게 쌓이고, 경험의 필요성을 비로소 이해하며, 따라서 무엇이든 하고 싶은 일을 본격적으로 시작할 수 있는 시동이 걸리는 나이이다. 게다가 아직 젊다! 그래서 서른은, 비록 손에 아무것도 없을지라도 부유한 나이이다.

현대그룹의 창업주 고 정주영 회장은 생전 "젊음을 되찾을 수만 있다면 전 재산을 내어줄 수도 있다"고 말한 적이 있다. 그가 정말 소원대로 젊은 날로 돌아갈 선택의 기회를 얻을 수 있었다면, 그가 택한 나이는 스무 살이 아닌 서른 살이었을 것이 틀림없다.

연륜은 큰 차이를 만든다

얼마 전 동네에서 새로 오픈한 마시지숍의 입간판을 봤다. 갑자기 종일 모니터를 들여다보느라 뻐근해진 어깨가 더 뭉치는 느낌이 들어, 이끌리듯 그곳으로 들어갔다. 꽤 젊어 보이는 주인은 뜨내기 손님을 친절하고 능숙하게 맞았을 뿐만 아니라 마사지 실력도 좋았다. 기분 좋게 그곳을 나와 다시 찾아갔던 날, 나는 그 주인에게 이런 말을 했다.

"아마 나이가 있으신데 젊어 보이시는 것 같아요. 맞죠?"

언뜻 보기에는 이십대 후반 정도로까지 보이는 그녀는 멋쩍게 웃으며 되물었다.

"어머, 나이 든 티가 나요? 목소리가 늙었나? 올해 마흔이에요."

목소리 때문이 아니었다. 그녀는 목소리까지 젊었다. 내가 그녀의 진짜 나이를 짐작할 수 있었던 것은 순전히 그녀가 일을 매우 잘하고 있었기 때문이다.

물론 나이와 관계없이 일을 잘하는 사람도 있고 못하는 사람도 있다. 그러나 젊은데 재능과 노력으로 일을 잘하는 것과 재능과 연륜이 합쳐져서 일을 잘하는 것은 다르다.

전에 백화점 의류코너 신참 직원과 이야기를 한 적이 있는데, 그녀는 판매 일이 너무나 힘들다는 하소연과 더불어 같이 일하는 선배 험담을 했다.

"하루 종일 서서 손님을 맞느라 허리도 아프고 다리도 퉁퉁 붓고 그러거든요. 그런데 숍마스터 언니는 제게 매장을 맡겨놓고 볼일 보러 나갈 때가 많아요. 한 번 나가면 몇 시간씩 들어오지 않을 때도 있어요. 그 언니가 자리를 비운 탓에 교대를 못하면 저 같은 신참은 밥도 먹지 못하고 화장실도 마음놓고 가지 못해요. 저도 제 또래 치고 일 잘한다는 소리도 많이 듣거든요. 그 언니는 하는 일이라고는 저한테 일 못한다고 잔소리 하는 게 전부인데 월급은 몇 배나 받으니 속상해 죽겠어요. 계속 그런 식으로 행동하면 본사에 보고하든지 할 거에요."

그녀를 몇 달 후 다시 만났을 때 나는 정말 선배의 비리를 본사에 보고했느냐고 물었다. 그러자 그녀는 쑥스럽게 웃으며 고개를 저었다.

"아뇨. 얼마 지나지 않아서 그 언니가 월급 많이 받을 만하다는 것을 깨달았어요. 매장을 제가 더 오래 지키기는 하는데, 나중에 결산을 해보면 매출은 그 언니가 다 올렸더라고요. 무엇으로 어떻게 손님을 설득하는지 제가 팔려다 실패한 옷도 그 언니가 나서면 팔려요. 요새는 짜증나면 그냥 뒤로 욕하고, 한편으로는 난 언제 저렇게 되나 부러워도 하고……. 그렇게 지내요."

그녀는 서글서글한 성격에 나이답지 않게 세일즈에 능숙한 편이었기에 그 고백은 의외가 아닐 수 없었다.

연륜으로 일을 잘하는 사람과 일을 함께하면 진행도 잘되고 장애물에도 막힘이 없으며 내내 안심이 된다. 그 미묘하고도 커다란 차이는 일 혹은 사람과 인생에 대한 '태도' 때문이다.

스무 살에는 몰랐지만, 우리는 이제 어떤 일에 대한 태도가 그 일 자체만큼이나 중요하다는 것을 알고 있다. 신입사원 때는 하찮은 일을 시킨다고 불평했지만 복사나 선배 심부름 등을 성실히 해야 하는 그 시간은 태도를 배우는 시간이며, 그것이 없으면 진짜 일을 제대로 할 수 없다. 그래서 그 사실을 나중에 깨닫게 된 사람은 이제 신입 시절 그토록 질색하던 선배들과 똑같이 후배들에게 씨도 안 먹힐 잔소리를 하게 되는 것이다.

"요즘 신입 애들은 싸가지가 없어" 하며 기가 막혀 하겠지만 아직 사회생활에서의 태도를 익히지 못한 신입들은 어느 시대를 막론하고 '싸가지 있기'가 어렵다. 나 역시 사회생활 초기, 일과 사람에 대한 태도가 엉망이었다. 당시에는 열심히 한다고 했는데 지금 그 시절의 나를 돌이켜 보면 얼굴이 확확 달아오른다. 선배들이 나로 인해서 답답하고 괴로웠을 텐데, 무얼 어떻게 해야 하는지 명확히 감을 잡을 수 없는 나는 더 괴로웠다.

언젠가 지인들과의 모임이 있어 차를 타고 지나가다가 맛있기로 유명한 떡볶이집이 웬일로 한산한 것이 눈에 띄었다. 떡볶이를 사가지고 가면 좋겠다 싶어 차를 세우고 그 집으로 들어갔다. 들어가 보니 주인은 자리를 비우고 대학생으로 보이는 아르바이트생 한 명이 가게를 지키고 있었다. 나는 그녀에게 요리된 떡볶이가 내가 살 만큼 남아 있는지를 물었다. 그런데 매장 손님들에게 줄 음식을 담고 있던 그녀는 영 대답이 없었다. 듣지 못했나 싶어 다시 물었는데도 마찬가지였다. 재차 물으니 들릴 듯 말 듯한 목소리로 기다리라고 했다. 살 수 없다면 기다릴 이유도 없는 나를 세워둔 채 그녀는 아주 느린 동작으로 매장의 모든 주문을 해결하고 한참이 지나서야 말했다.

"살 수 없을 것 같은데요. 남아 있는 건 먼저 오신 손님에게 드려야 해서요."

내가 성격이 다혈질이었다면 그 아르바이트생은 낯모르는 사람의 고함소리를 들어야 하는 봉변을 당했을지도 모른다. 일초만 시선을 돌려 떡볶이 판을 보고 남은 주문량을 비교해 내게 대답을 해주면 되었을 텐데도 그러지 못했다. 한참을 서서 기다리고서도 빈손으로 돌아가야 하는 내게 사과도 없었다.

그 떡볶이집에서 나오며 나는 한숨을 쉬었다. 나는 그 아르바이트생이 특별히 예의가 없거나 어딘가 모자란 사람이 아니라는 것을 알고 있었다. 그녀는 다만 혼자서 가게를 지키느라 정신이 없었고, 그런 상황에서 어떻게 행동해야 하는지에 대한 태도가 몸에 익지 않았을 뿐이었다. 분명 성인이 틀림없는데도 '정말 별 걸 다 못하는구나' 싶은 생각이 들게 할 때가 스무 살 바로 그 무렵이다. 응용해서 적용할 실전이 없어서 그렇다. 아마 서른인 당신이라면 처음으로 떡볶이집 아르바이트를 한다고 해도 그렇게 행동하지는 않을 것이다.

앞으로 아르바이트생 그녀는 집과 학교 너머의 세상에 익숙해질 때까지 수많은 눈물을 흘려야 할 것이다. 그리고 한동안은 자신이 무엇을 잘못했는지 모른 채 비슷한 일을 반복하고 비슷한 고통을 당할 것이다. 그게 우리가 지나 온 이십대이고, 이제 그런 미망에서 벗어났다는 것 하나만으로도 다가오는 서른 살을 춤추며 환영할 일이다. 그런 의미에서 서른 살은 축제이다.

수많은 여자들이 내게 서른 살이 되면 시야가 말갛게 개일 줄 알았는데 여전히 막막하다고들 말한다. 하지만, 그게 어디 스무 살의 막막함에 비할 수 있겠는가. 적어도 우리는 무엇을 모르는지는 알고 있다. 이십대 동안 우리 모두는 무엇을 모르는지조차 모르고 헤매지 않았는가 말이다.

예전 홍콩 무술영화에서는 주인공이 부모를 죽인 원수를 갚기 위해 쿵푸를 배울 때면 과거 강호에서 한자리 했다고 하는 스승이 꼭 처음 몇 년 동안은 주인공에게 허드렛일을 시킨다. 전에는 그저 영화를 재미있게 하려고 끼워넣은 장면인 줄로만 알았는데 그게 아니었다. 쿵푸를 직접 배우지 않고 허드렛일을 하면서 스승의 곁에 있는 것은 자신만의 질문을 품고 그 대답을 담을 그릇을 만드는 과정이기 때문이다. 맷집이나 키우면서 스승, 혹은 사형들이 쿵푸를 하는 것을 어깨 너머로 본 주인공은 자신이 잘하고 싶은 것이 어떤 것인지, 그렇게 되려면 자신이 어떻게 해야 하는지 의문을 품는다. 자신만의 의문이 정리되었을 때 스승의 가르침은 비로소 시작되고, 주인공의 쿵푸 실력은 일취월장한다.

타인에게 조언을 구하는 사람들을 보면, 대개 돌아오는 조언에 상관없이 자기 하고 싶은 대로 결정한다. 그건 나쁘다기보다는 당연한 것이다. 대개 사람들은 남의 입을 통해 자신이 듣고 싶은 말을 듣기를 원하고, 따라서 자신의 경험치 이내에서만 남의 조언을 받아들일 자세가 되어 있기 때문이다. 쿵푸도, 인생 조언도, 누군가에게 제대로 배우려면 명확한 질문과 스승의 대답을 담을 그릇이 준비되어 있어야 한다. 서른은 그 모든 것들이 준비되는 때이다. 이미 성취가 끝나 있어야 할 시기는 아니라는 것이다.

경험은 평생을 두고 해야 하는 것이고 또한 그것을 통해 평생 배워야 하는 것이다. 그러나 서른부터 하게 될 경험은 지금까지와는 달라야 한다. 그 동안의 경험이 태도를 배우고 익히는 과정이었다면 서른부터의 경험은 인생의 가치를 쌓아나가는 수단이 되어야 한다. 전자에서 후자로 넘어가게 되는 과정을 두고 예전부터 칭하던 말이 있다. "철이 든다"라고.

어쩌면 서른은 진짜로 철이 드는 나이일 것이다. 공자가 자신의 서른을 두고 말한 '이립而立'도 뜻을 세우는 것, 결국은 그저 철드는 것에 다름 아니었다.

06

현실과 친구가 되는 즐거움

신이시여,
제게 바꿀 수 없는 것들을 받아들일 수 있는 평온함을 주십시오.
바꿀 수 있는 것들을 바꿀 수 있는 용기를 주십시오.
그리고 이 둘의 차이를 깨닫는 지혜를 주십시오.

라인홀트 니부어 '평온함을 위한 기도' 중

드라마가 재미없어지면 서른이 된 것이다

이십대 때에는 언제나 정기적으로 시청하는 드라마가 하나씩은 있었다. 반복되는 일상 속에서 정기적으로 기다려지는 무언가가 있다는 것은 커다란 즐거움이었다. 그 때문에라도 아무리 볼 게 없을지언정 개중 나은 드라마에 정을 붙이려고 했다. 그런데 점점 드라마가 재미없어지더니 이제 한두 장면도 제대로 볼 수 없을 지경에 이르렀다. 그때보다 바빠졌기 때문이기도 하지만, 여전히 소파에서 뒹굴며 TV 시청하는 것을 휴식으로 삼는 습관이 남아 있는 것으로 보아 그게 이유의 전부는 아닌 듯하다. 드라마가 재미없어진 결정적인 이유는 드라마의 배경이 되는 현실을 너무나 잘 알게 되어서이다.

물론 예전의 나라고 해서 드라마에 나오는 판타지를 모두 사실이라고 착각했던 것은 아니다. 신데렐라 스토리 같은, 큰 틀에서의 설정들이 현실에서 있을 수 없는 일이라는 것쯤은 알고 있었다. 하지만 어느 날부턴가 그 안에서의 인간관계나 주인공이 성공하는 과정처럼 전에는 간과하던 부분들이 일일이 눈에 걸리기 시작했다.

일례로 드라마 안에서의 남자 주인공들은 사실 남자의 탈을 쓴 여자라고 부를 만하다. 그들은 여자처럼 여자의 마음을 이해하고, 여자들이 좋아할 만한 행동을 하지만 바람둥이는 아니다. 게다가 여자들만이 좋아할 만한 성격의 여자에게 한눈에 반한다.

드라마 안에서 가장 비현실적인 것은 주인공의 친구들이다. 현실에서는 그처럼 자신의 사생활을 희생해가며 친구의 뒷바라지를 하는 친구들이 흔치 않지만, 드라마에는 언제나 몹시도 당연한 듯 그런 소울 메이트가 등장한다.

사회적 성공 과정도 마찬가지이다. 드라마에서는 젊은 패기와 열정이 세상을 움직이는 것 같지만, 진짜 세상은 고리타분한 어른들의 전유물이다. 미디어에서 떠드는 기업의 혁신 같은 것은 현실의 비즈니스에서 추구하는 가치가 전혀 아니다.

이쯤 되면 드라마의 이야기에 몰입이 안 되는 것은 당연하다. 이성을 잃게 할 만큼 매력적인 캐릭터와 배우가 등장하는 극소수의 드라마만이 모든 것을 잊고 극에 몰입할 수 있게 할 뿐이다.

요즘 서른 살 즈음의 많은 사람들이 달달한 국내 로맨스 드라마보다 태평양을 건너온 미드(미국 드라마)에 더 열광하는 것도 이와 무관하지 않다고 본다. 그곳 현실을 속속들이 알지 못하는 우리는 현실감각을 방해받지 않고 마음껏 판타지에 빠질 수 있다. 실제 뉴욕의 커리어 우먼들은 그렇게 세련되게 옷을 잘 입지 않는다는 것, 미국 내 삼십대 이상 이혼녀가 다시 결혼할 수 있는 확률이 반도 되지 않아 그곳이라고 해서 평생 이십대 같은 사랑을 할 수 있는 건 아니라는 것, 백밀러에 손톱 만하게 비친 CCTV 속 범인의 얼굴을 뚜렷하게 확대할 수 있는 귀신 같은 컴퓨터 프로그램은 그곳이나 이곳이나 없기는 마찬가지라는 것 등 간간히 듣게 되는 불편한 진실들은 별다른 장애가 되지 않는다. 내가 내 경험으로 깊숙이 느낀 것이 아니면 그것은 '진짜 현실'이 아니니 말이다.

이제 더 나이가 들어 연애나 복잡한 인간관계, 숨 가쁜 직장 내

현실이 과거의 것이 되어 무뎌지면 그때 다시 드라마에 몰입할 수 있게 된다. 그래서 드라마의 시청률을 올려주는 주 계층이 연령대 높은 주부인 것이다.

그렇다면 드라마가 더 이상 재미없어지는 서른 살 인생들은 꿈도, 낭만도 없는 삭막한 삶을 사는 것일까?

점이 아닌 면으로 살라

현실을 안다는 것은 드라마가 현실과 같지 않다는 것을 깨닫는 것과 동시에 삶이 드라마 같지 않다는 것을 알아가는 것이다. 젊은 날의 고통은 바로 그것을 받아들이는 과정이다.

어느 TV 프로그램에 자식을 먼저 저세상으로 떠나보낸 어느 아버지가 배 위에서 아들이 죽은 바다에 꽃을 흩뿌리는 장면이 나왔다. 절로 눈시울을 젖게 하는 그 처연한 모습이 클로즈업 되는데 홀연 그 아버지의 귀 밑에 꼼꼼하게 붙어 있는 멀미약 패치가 눈에 들어왔다. 현실이란 그런 것이다. 드라마의 감정선이라면 응당 아버지는 아들의 죽음 앞에서 멀미 따위를 고려할 정신이 있어서는 안 될 것만 같은데, 실제의 삶은 꼭 그렇지만도 않은 것이다. 아버지로서의 끝간 데 없는 슬픔은 틀림없는 진짜지만, 그에 따르는 모든 삶의 요소와 감정들은 드라마처럼 일관성 있게 흘러가지 않는다.

같은 이유로 누군가가 낯선 행인의 도움으로 목숨을 건졌다면 뜨거운 감사와 포옹이 오갈 것 같지만 실제로는 인사도 없이 그 자리를 피하는 사람이 더 많고, 먼저 떠나간 아내를 향한 순애보로 감동을 준 남편이 몇달 지나지 않아 재혼을 하는 일이 자주 벌어지는 게 현실이다. 그 일의 당사자들이 배은망덕, 인간 말종, 이중인격이 아닌 평범한 사람들인데도 그렇다.

처음 세상에 발을 내디딜 때는 이런 현실 앞에서 모순을 느끼고 괴로워하기 마련이다. 그래서 젊은 날의 시간들이 고통의 연속인 것이다. 하지만 이제 그저 현실을 접하는 것을 넘어 수용하기 시작하는 때가 되면 모든 것이 훨씬 분명해지고 인생에서 가장 생산적인 시기를 살 때가 온다. 남이 만든 드라마에 자신의 인생을 끼워 넣으며 힘들어하지 않아도 되는 것이다.

영화배우 알리 맥그로우는 영화 〈러브 스토리〉의 유래 없는 성공으로 1970년대 시대의 아이콘으로 대접받았다. 전 세계인의 관심 속에서 일거수일투족이 화제가 된 화려했던 시절이 있었다. 그랬던 그녀가 오프라 윈프리와의 인터뷰에서 이런 말을 한 적이 있다.

"저는 제가 잇걸It girl의 자리에서 밀려나던 순간을 기억해요."

그건 어느 방송사에서 주최한 자선파티 행사의 초대 받은 300명의 게스트 중에서 가장 못한 드레스를 배정받고 299번째로 호명된 때였다. 드라마적인 기대대로라면 그 이후 그녀의 삶은 매우 비참했어야 한다. 마약 중독이나 알코올 중독으로 일찌감치 생을 마감했거나, 잃어버린 시절에 대한 회한으로 우울한 날을 보내고 있어야 한다. 하지만 이제 칠십대 초반인 그녀는 시골에서 개와 고양이를 키우고 요가를 하면서 행복한 시간을 보내고 있다.

"전 지금의 삶이 예전 화려했던 시간보다 못하다고 생각하지 않아요. 그냥 전과는 다른 삶을 살고 있을 뿐인걸요."

철든 서른이라면, 알리 맥그로우의 그 말이 자기합리화가 아니라 진심이라는 것을 알아차릴 것이다.

서른이 현실을 추악한 진실이 아닌 친구로 받아들일 수 있는 이유는 삶이 점点이 아닌 면面이라는 것을 서서히 깨닫기 때문이다. 어려서부터 생각하던 인생의 꿈, 목표 같은 것은 점이라고 할 수 있다. 여우주연상을 타게 되는 것, 내 집을 장만하는 것, 사장까지 승진하는 것 등의 꿈은 점을 찍고 내려오면 그만인데 그 순간만을 행복이라고 생각한다면 인생은 불행할 수밖에 없는 것이다. 반대로 불행한 순간도 점이다.

삶은 연속적인 것이고 언제나 여러 방향으로 펼쳐져 있는 면과 같다. 따라서 삶의 '점'을 중심으로 해서 '면'으로서의 삶을 잘 경영하고 전체 평균값을 관리할 줄 아는 사람이 현명하게 잘사는 사람이다.

과거의 기억에 매달리지 말고 현재의 삶을 즐겨라

H는 동시통역사가 꿈이었다. 대학 졸업 후 젊은 여자로서의 아기자기한 삶을 모두 포기하고 공부에 매달린 끝에 수십대 일의 경쟁을 뚫고 통역대학원에 진학했다. 하지만 힘든 여정은 그걸로 끝이 아니었다. 통역대학원에 들어가는 것보다 그 안에서의 공부가 더 힘들었고, 입학생 열 명 중 한 명도 통과하기 어렵다는 졸업시험을 치르고 자격증을 받았을 때까지의 노력은 상상을 초월하는 것이었

다. 하지만 그렇게 힘들게 목표를 이루었는데도 그녀는 행복하지 않았다. 자격증을 손에 넣은 순간은 말할 수 없이 기뻤지만, 그 이후 동시통역사로의 삶은 그녀가 상상했던 것과 달랐다. 어려서부터 언어에 소질이 있고 역사나 시사에 관심이 많았기에 동시통역사가 적성에 맞을 거라고 믿었는데 실전에 부딪혀 보니 그게 전부가 아니었던 것이다. 동시통역사들은 언어 능력뿐 아니라 배경 상식이 풍부하고 순발력과 센스까지 갖춘 최고급 인력인데도 존재감이 없었다. 일을 하는 어떤 과정에서도 자신의 뜻을 반영할 수 있는 부분이 없어서인지, 자신이 통역하는 한마디가 국가 대소사나 기업 이익을 좌우하는 막중한 부담 속에서도 H는 사명감을 찾을 수가 없었다. 그녀는 사실 작은 일일지언정 자신이 주도해야 직성이 풀리는 성격이었던 것이다.

뒤늦게 자신의 적성을 알게 된 H는 일을 그만두고 기업에 입사했다. 힘들게 동시통역사라는 전문직을 얻었으면서도 결국에는 회사원이 된 그녀를 두고 주변에서는 말이 많았지만 그녀는 이렇게 말했다.

"동시통역사가 된 순간은 정말 기쁘고 자랑스러웠어요. 그 기억은 제게 평생 잊을 수 없는 자산이 될 거에요. 하지만 과거의 목표를 이룬 그 순간에만 매달려서 평생 괴롭게 살 수는 없잖아요. 남들은 지금 제가 하는 일을 보고 추락이라고 생각할지도 모르지만 그건 본인들이 힘든 목표를 이룬 경험이 없어서 하는 소리예요. 한 번이라도 꼭대기에 올라가 본 사람들은 거기에서 내려와서도 남들과 다르게 살 수 있어요. 전 지금 동시통역사 시절의 경험을 살려서 회사 일을 더 잘할 수 있으니 좋아요."

H는 삶을 '면'으로 보는 시각을 갖고 있다. 그 능력을 미처 갖지 못한 어린 나이에 성공의 꼭대기에 올랐다가 본인 의지와 관계없이 그 자리에서 밀려 내려오고 나서 '잃어버린 지난 시절'의 후유증을 평생 앓는 이들을 우리는 종종 본다.

삶을 '면'으로 사는 이들이 중요시 하는 것은 현재이다. 성공이건 아픔이건 과거의 순간에 매달리지 않고 바로 지금을 가치 있게 사는 것. 나 역시 우울증을 앓으며 빛도 들지 않는 방에서 울면서 시나리오를 쓰던 순간이 있었고, 밀리언셀러가 된 책의 저자로서 수십 명 기자들의 플래시 세례를 받으며 방중訪中 기자회견을 하던 순간도 있었다. 하지만 그런 과거는 모두 지금의 내가 현재를 잘 살아갈 수 있는 자질을 키워준 경험일 뿐 그 자체로는 아무것도 아니다. "과거가 건설적일 수 있는 유일한 방법은 과거의 실수에 대해 차분히 분석하고, 그것들로부터 교훈을 얻은 다음 잊어버리는 것이다"라고 말한 카네기Carnegie도 삶을 점이 아닌 면으로 사는 사람이었다. 이것은 험한 세상에서 삶에 끌려가는 게 아니라 삶을 누릴 줄 아는 지혜로운 독종들의 공통점이기도 하다.

정말 잘 사는 사람은 가장 좋거나 나쁜 정점이 아닌 편편한 면의 시간에 뜨거울 수 있는 사람이다. 어떤 순간을 경험하든 그것을 점이 아닌 면의 일부로 생각해야 한다. 살면서 좋을 때는 꽃밭에 앉은 것처럼 조용히 향기를 맡고, 나쁠 때는 폭풍우를 만난 나비처럼 납작 엎드려 잠잠히 기다리는 것이다. 순간에 반응하지 않고 그 일이 미치는 영향력을 두고두고 이용할 줄 아는 삶을 내가 살고 있구나 싶다면, 축하한다. 당신은 성공적으로 어른이 되어가고 있는 것이다.

07

하고 싶은 일을 찾았다면 그 누구도 실패자가 아니다

하루 종일 생각하는 것. 그것이 바로 그 사람이다.

에머슨

할 수 있는 일, 잘하는 일, 하고 싶은 일

T는 고등학교 때 일본어가 전망 있다는 말을 듣고 일본어학과에 진학했다. 졸업을 하고 나서는 유학도 몇 년 다녀왔다. 그런데 단순히 일본어를 할 줄 안다고 해서 할 수 있는 일이 생각보다 많지 않아 단순 사무직으로 일하고 있었다. 월급을 더 많이 주는 곳으로 옮겨야겠다고 생각하고 틈틈이 다른 회사를 알아보고 있었는데 때마침 중국에서 싼 물건을 도매로 떼다가 국내에 파는 일을 하는 선배가 공동 창업을 하자고 해, 생각지도 않던 인터넷 쇼핑몰을 운영하게 되었다. T는 발도 넓고 성격이 외향적이라 주변 사람들 모두 사업이 성격에 맞을 것이라고 격려해주었다. 그러나 셈이 늦고 성격이 치밀하지 못한 그녀는 물건을 많이 팔고도 자주 손해를 보았고, 세금이나 재고 문제에 적절하게 대비하지 못해 어려움을 겪다가 결혼과 함께 사업을 접었다. 한동안 전업주부로 지내다 삼십대를 맞은 T는 요즘에야 자신이 살림만 할 성격이 결코 아니라는 것을 절실히 깨닫고 있다. 남편에게 의지해 빠듯한 생활비로 사는 삶이 의미 없게 느껴진 것이다.

인터넷으로 구인정보를 보고 지원하면 이력서에 결혼 유무를 묻는 난이 꼭 있었고, 그래서인지 면접조차 본 적이 없었다.

"갓 대학 졸업한 애들도 취업 못해서 난린데 결혼해서 경력도 단절된 내가 무슨 일자리를 구할 수 있겠어? 우리나라는 이게 문제야. 대체 이력서에 결혼 유무는 왜 적어야 하는데?"

고민을 하던 그녀는 여성들의 재취업을 돕는다는 기관에 가서

취업상담을 받기로 했다. 그녀와 마주한 상담사는 하나하나 질문을 하며 그녀의 차트를 채워나가기 시작했다.

"전공은요? 전에 어떤 일을 하셨어요?"

"일본어요. 일반 사무직으로 일년 일했고요, 인터넷 쇼핑몰을 이 년 동안 운영했어요."

"그러시군요. 그럼 어떤 일이 하고 싶으세요?"

"……."

T는 어떤 일을 하고 싶으냐는 상담사의 물음에 순간 대답이 막혔다. 항상 무언가를 하긴 했는데 주변 여건이 되는 대로 뚫린 길로 따라갔을 뿐 한 번도 자신이 무엇을 하고 싶은지 진지하게 생각해본 적이 없었다. 그 질문은 대학 시절 이미 대답이 끝났어야 하는 것이었고, 대학 졸업 후에는 질문 자체를 잊고 살았다.

"그냥…… 제가 할 수 있는 일이 있다면요."

그렇게 대답을 하고 나서, T는 갑자기 자신이 너무나 한심하게 느껴지는 것이었다.

이십대 초반, 우리 모두는 서른 살이 되면 자신이 무엇인가 되어 있을 줄 알았다. 그러나 서른 살이 가까워졌지만 없던 눈가 주름만 생겼을 뿐, 이루어놓은 것이 없다. 성공은커녕 '이 일이 내 평생 할 일이다' 싶은 일을 시작이라도 했다면 다행인데, 대부분은 T처럼 '자신이 하고 싶은 일이 무엇인가'라는 질문에 대답할 형편이 못되는 게 현실이다. 지금 일을 하고 있는 경우라도 이 질문에 대한 답을 쉽게 할 수 없는 것은 마찬가지이다.

산업화 이전에는 사람들이 가진 직업이 그리 다양하지 않았다. 대다수가 농부였고 누구나가 선택의 여지없이 부모님이 하는 일을 물려받았다. 따라서 직업은 행복의 척도가 아니었고 당시의 결혼처럼 생존하기 위해 무조건 해야 하는 것일 따름이었다. 알랭 드 보통이 『불안』에서 말한 것처럼 그 시대 사람들은 우리가 미처 알지 못하는 종류의 마음의 평화를 누리고 살았을지도 모를 일이다.

내가 하고 싶은 일은 무엇인가

산업화 과정에서 전에는 없던 새로운 직업들이 생기고 선택의 여지가 많아지면서 이제 직업은 단순한 생존수단이 아닌 정체성을 대변하는 것이 되었다. 백년 전만 해도 사람을 처음 만나면 "어느 집 누구 자식인가?"를 물었지만, 요새는 "하는 일이 무엇이냐?"는 질문을 던진다. 그러나 정체성을 대변하는 직업이 정작 그 사람의 취향이나 적성과는 별 상관이 없다는 것이 오늘날의 아이러니이기도 하다.

우연히 1996년 신문에서 당시 중·고등학생을 대상으로 설문조사를 했다는 기사를 발견했다. 그들에게 미래의 직업을 선택할 때 어떤 것에 중점을 두겠냐고 물었더니 '자기가 하고 싶은 일'을 하고 싶다고 대답한 학생들이 72.6퍼센트였다. 안정성이나 돈벌이 등은 상대적으로 중요한 고려 대상이 아니었다. 십수 년이 지난 지금, 이 극심한 취업난 속에서도 기업에 최종 합격한 이들의 30퍼센트가 아예 입사를 하지 않고, 또 입사를 한 이들의 30퍼센트가 일년 내에 사표를 쓰고 있다고 한다. 지금 직업을 구하는 청년들의 70퍼센트는 자신이 어떤 종류의 일을 하고 싶은지 알지 못하고, 그러면서도 그들 네 명 중 한 명은 공무원이 되기를 희망한다. 어느 모로 보나 사람들이 하고 싶은 일을 직업으로 삼는다고 말할 수 있는 지표는 아니다. 1996년 이후 그 청소년들에게 대체 무슨 일이 일어난 것일까?

'할 수 있는 일' '잘하는 일' '하고 싶은 일'을 일치시킬 수만 있다면 그것을 두고 이상적인 직업이라고 말할 수 있을 것이다. 하지만 우리 주변 대부분의 사람들은 '잘하는 일'과 '하고 싶은 일'을 구분하지 못하고 방황하다가, T처럼 '할 수 있는 일'을 찾아 하게 된다. 학교 공부를 잘한다 싶으면 이 모든 기준은 아무 쓸모없는 것이 되고 '남이 좋다는 일'을 선택해 '할 수 있는 일'로 만들어야만 한다. 그렇지 않으면 주변에서 가만 내버려두지 않는다.

오늘 날 세상에는 이만 여 가지가 넘는 직업이 있다고 한다. 그 중에는 분명히 내가 할 수 있고, 잘할 수 있으며, 하고 싶은 일도 있을 것이다. 하지만 한국 직업능력개발원에서 소개하는 직업은 440여 가지 정도 되고, 그 중 우리가 알고 능동적으로 선택할 수 있는 것은 백여 개가 채 되지 않는다. 거기에 80퍼센트가 넘는 대학진학률을 보이는 한국에서 대졸자들 눈에 차지 않을 만한 직종을 솎아내고 나면 불과 수십 가지의 항목만이 남을 뿐이다. 그 몇십 개의 선택항목 중에서 '하고 싶은 일'을 찾아내지 못한 사람들이 더 많을 것임은 당연한 일인지도 모른다.

전에 어느 다큐멘터리 프로그램에서 30~40대로 보이는 나이트클럽 웨이터가 인터뷰하는 것을 본 적이 있는데, 그는 자신의 직업에 대해 이렇게 말했다.

"전 이 일이 적성에 맞아요. 항상 사람들을 만날 수 있어서 좋아요. 그리고 여기가 굉장히 시끄럽잖아요. 그래서 사람들과 이야기할 때는 가까이 귀에 대하고 말해야 하는데, 전 그런 친밀한 접촉도 좋더라고요."

그의 진지한 표정을 보니, 그토록 맞춘 듯 몸에 맞는 일을 찾은 그를 부러워할 사람이 많을 게 틀림없어 보였다. "자기가 하고 싶은 일을 하는 사람이 특권층이다"라고 했던 누군가의 말을 액면 그대로 받아들인다면 그는 그 어느 전문직 종사자보다 한 수 위인 특권층일 수 있다.

시끄러워서 귓속말을 해야만 하는 상황을 좋아할 수 있는 사람이 있는 걸 보면, 적성이라는 것은 '안정적'이라거나 '사회적 인정을 받는다'는 등의 만능열쇠 같은 조건에 끼워 맞출 수 없는 것이라는 생각이 든다.

우리 대부분은 이십대까지 어른들 말을 잘 듣는 학생이었다. 따라서 나이트클럽 웨이터처럼 어른들의 '좋은 직업 매뉴얼'에는 없는 직종에 자신의 적성이 맞는지를 알아볼 기회가 없었다.

얼마 전 초등학생인 딸아이의 친구 관계에 대해 내가 고민하자 사교육 열기가 거센 지역에 사는 지인이 말했다.

"애가 친구들과 놀 시간이 있으니 그런 고민도 하는 거예요. 우리

애는 학원 다니고 공부하느라 바빠서 친구 관계 때문에 고민할 시간도 없어요."

사람이 태어나서 죽을 때까지 가장 중요한 것이 관계인데 그 문제에 대해 고민할 기회조차 박탈당하고 자라는 게 요즘 세대이다. "너는 고민할 필요 없어. 그저 공부만 하면 돼"라는 말을 듣고 자란 이들이 또다시 취업의 문 앞에서 대학 내내 같은 요구를 받는다. 내가 자신에 대한 고민이 필요하다고 말하자 어느 여대생은 내게 고등학교 때 그런 고민을 한 친구들은 모두 재수를 했다며 왜 그런 고민이 필요하냐고 되물었다. 나는 십년 후쯤 그 고민을 미리 한 사람들의 삶을 다시 보라고 대답할 수밖에 없었다. 나 역시 십대 시절 치열한 고민을 했고 십년 후 그 대가를 돌려받을 수 있었기 때문이다. 남보다 빨리 내가 무얼 하고 싶은지 알아낼 수 있었던 것이다. 나는 '어떻게'만 고민하면 되었다.

아이들이 열다섯 살만 되면 부모의 간섭 없이 자신의 진로를 스스로 결정한다는 덴마크에서는 어려서부터 스스로 생각하고 고민하게 하는 교육을 받고, 학자부터 배관공까지 직업의 귀천 없이 자신의 적성에 맞는 일을 고를 기회가 열려 있다. 그게 그 나라가 세계 행복지수 으뜸인 원동력이다.

기성세대는 요즘 젊은이들이 "끈기가 없다", "헝그리 정신이 부족하다"고 성토하지만, 미리 고민하고 자라지 못한 그들 입장에서는 사회생활 자체가 유일한 시험대이며, 해보고 적성에 맞지 않으면 빨리 그만두는 게 현명한 것이다. 끝까지, 열심히 못할 것도 없지만 그럴 만한 가치를 느끼지 못하는 게 그들의 문제이다. 도무지 비전을 제시해주지 못하는 기성세대의 지휘 아래에서 길어야 4~5년 직업 세계의 맛을 본 당신이 아직 진정 자신이 하고 싶은 일을 찾지 못했다고 해서 크게 한심해할 일은 아닌 것이다.

경험은 나 자신을 더 잘 알 수 있게 해준다

당신은 지금 평생 하고 싶은 일을 찾아 한창 달려가고 있을 수도 있고, 지난 번 세일 때 충동 구매한 핸드백의 카드 할부금을 갚는다는 심정으로 하루하루를 직장에서 버티고 있을 수도 있다. 아마도 서른을 맞이하고 있는 대부분의 여자들은 후자 쪽에 가까울 것이다.

이제 대리를 달거나 승진 예정인 평범한 직장 여성들에게 직업적인 희망사항을 물으면 '프리랜서'라고 대답하는 경우가 많다. 결혼해서 지긋지긋한 직장을 그만두고 싶은 마음도 있고, 여러 가지 이유로 일을 손에서 놓고 싶지도 않으니 이상적인 절충안으로 프리랜서를 떠올리는 것이다. 하지만 십년 넘은 프리랜서로서 내가 단언하건대, 가사와 병행하겠다는 마음가짐으로 시작해서 제대로 해낼 수 있는 프리랜서 일은 없다. 그 프리랜서가 '아르바이트'를 제외한 개념이라면 말이다.

평생 일을 하고 싶다고 말하면서도 자신이 무슨 일을 하고 싶은 사람인지 알아내려고 하지 않고 어떤 일을 할 수 있을까만을 발을 동동 구르며 찾고 있는 이들을 보면 안타깝기 그지없다. 할 수 있는 일을 찾기도 어려운 마당에 언감생심 하고 싶은 일을 무슨 수로 할 수 있겠냐고 되묻기 쉽지만, 평생 할 수 있는 일은 꾸준히 자신의 시간과 노력을 투자해야만 잘할 수 있는 일이다. 좋아하지 않으면, 최소한 적성에라도 맞지 않으면 꾸준히 노력할 수 없다.

우리가 사는 세계는 독해지지 않으면 잘살 수 없는 곳이다. 이 세계에서 통상 '쉬운 일'이라고 하는 것은 '최선을 다하면 잘될 수 있는 일'이라는 뜻이지, '대충 해도 성공할 수 있는 일'이라는 뜻은 결코 아니다. 그 어떤 일도 적성에 상관없이 쉽다는 이유로 접근해서는 안 되는 이유이다.

당신은 이제까지 남는 것 없는 직장 생활만 하며 시간을 허비했다고 느낄 수도 있다. 지금은 믿을 수 없을지 몰라도 어떤 종류이건 열심히 산 시간에는 반드시 대가가 따른다. 그 시간의 경험에는 분명히 더 부가가치가 높은 일을 할 수 있도록 해줄 수많은 요소들이 포함되어 있지만 대부분의 사람들은 그 사실을 믿지 못한다.

경험은 한정된 직업적 지식보다 자기 자신에 대해서 잘 알 수 있도록 해준다는 데 더 가치가 있다. 그게 바로 내공이다. 이렇게 모진 세상에서 내공을 키운 이들이 포기하지 않고 날마다 실천을 쌓아나갈 수 있는 대상을 찾을 수 있다면 하고 싶은 일을 해서 밥을 먹을 수 있는 날은 온다. 이제 꽃 같은 이십대를 수업료로 내고 공부한 자신에 대한 이해를 바탕으로 나머지 인생의 방향을 정할 때이다. 삶이라는 게 방향을 정한다고 해서 꼭 그 방향대로만 가게 되는 것은 아니지만, 방향을 정하지 못한 삶은 어떤 곳으로도 나아가지 못하고 그 자리에서 맴돌게 될 것이다.

나이가 들면 사회적으로 남의 시선을 의식해 직업을 구하는 일이 얼마나 헛된 것인지 알게 된다. 뭔가 화려하고 전문적인 것으로 보이는 방송 광고 직종 명함이나, 번듯한 일등시민 증명서와 다름없는 대기업 사원증 같은 것들이 그 자체로 자부심의 원천이 되는 건 잠깐이다. 십년 후 그들이, 특히 여자가 그 자리에 남아 있을 가능성은 매우 희박한 게 현실이다.

한 유명 쇼핑 호스트는 여러 차례 방송사 아나운서 시험에 낙방하고 당시에는 생소했던 쇼핑 호스트라는 직종에 도전해 성공했다. 방송사 아나운서가 된 친구들은 한때 수없이 고배를 마시던 그녀에게 열등감을 느끼게 했지만, 사십대 후반이 된 지금 현역에서 일하고 있는 건 그녀뿐이라고 한다. 마트 캐셔 지원 자격에도 45세 연령 제한이 있는 이 나라에서 어떤 여자가 마흔이 넘어서도 일을 계속 하고 있다면 그 자체만으로도 직업적으로 성공한 것이라고 볼 수 있다. 이천대 일에 육박하는 경쟁률을 뚫고 아나운서가 된 친구들보다 자신의 적성을 알고 꾸준히 노력한 그녀가 결국에는 성공한 것이다.

어른이 되기엔 젊은 나이, 서른

아직도 자신의 적성 지도를 읽어내지 못하고 있다면, 그리고 좋아하는 일을 찾아내지 못했다면, 지금이라도 찾아 나서야 한다. 많은 이들이 결혼생활, 특히 육아와 일을 병행하기 어려운 환경 이야기를 하며 삼십대에 자신의 적성을 찾는 것에 회의를 느낀다. 물론 양육 지원에 있어 취약한 국가적 기반과 야근을 밥 먹듯 시키는 기업 문화 속에서 수많은 워킹맘들이 오늘도 등골 오싹한 '육아 잔혹사'를 쓰고 있다. 하지만 이런 환경 속에서도 자기가 좋아하는 일을 찾은 여자들은 어떻게든 방법을 찾는다. 여자들이 일을 포기하는 대부분의 이유는 "이렇게까지 할 필요가 있나?"에 대한 확신이 없기 때문이다. 달려가는 게 죽을 만큼 힘들어서라기보다는 계속해서 달려도 되는가에 대한 확신이 없어서 멈추는 것이다.

지금 여자들이 일하는 환경이 좋은 것은 물론 아니다. 그건 일하면서 아이를 키우는 여자들이 '대세'가 아닌 것도 한 이유이다. 힘들더라도 일을 포기하지 않는 여자들이 많아지고 그들이 큰 목소리를 낼수록 환경도 점차 좋아질 것이다. 최소한 표를 의식한 국회의원들이 그에 맞는 법안을 내고 통과시키고 하는 일들이 가능해질 것이다.

한편, 경력이 단절되더라도 가고 싶은 방향만 뚜렷하면 길은 얼마든지 만들어낼 수 있다.

지금은 오십대인 어느 여성은 삼십대에 독일에서 유학을 하는 남편 뒷바라지와 육아를 하는 주부였다. 남편과의 결혼을 선택한 이상, 한국에서의 경력은 자연 단절될 수밖에 없었고 자신의 의지와 상관없이 남은 인생을 전업주부로 살아야 할 처지였다. 그런 그녀는 곰곰이 자신의 앞날을 궁리하다가 '하루에 두 시간씩 공부하면 아이가 자라는 십년 동안 박사 학위도 딸 수 있다'는 결론에 이르렸고 그걸 실천했다. 결국 박사 학위를 땄고, 이후로도 차근차근 경력을 쌓아 오십대인 지금 그녀는 여러 권의 책을 쓰고 강의를 하는 등 활발한 활동을 하고 있다.

서른은 매우 젊은 나이이다. 아마도 서른에 임박한 사람은 이 말이 곧이들리지 않을 것이다. 주변에서 마흔 넘은 누군가가 이런 말을 하면 "흥! 그냥 당신보다는 젊은 거겠지" 하고 흘려듣게 될 것이다. 하지만 서른은 상대적이 아닌 절대적으로도 젊은 나이이다. 현대 과학은 생각보다 훨씬 발달해 있어서 우리 세대의 기대 수명은 평균 120세라고 한다. 아직 인생의 사분의 일도 채 살지 않았는데 너무 늦었다고 포기한 채 나머지 인생을 무위로 보낼 수는 없지 않은가?

사람의 뇌는 마흔이 넘어가면 전두엽의 기능이 쇠퇴하기 시작하기 때문에 새로운 일을 시도하고, 유연한 사고를 하기 힘들다. 한마디로 뇌가 늙는 것이다. 우리가 윗세대의 고집을 억지로 이겨먹을 수는 있으되 결코 그들의 생각을 바꿀 수는 없는 이유가 이 때문이다. 같은 까닭으로 40~50대 이후에는 새로운 것을 배우는 능력과 의지가 현저히 떨어진다. 하지만 그 이전부터 창의적인 시도와 사고를 하는 습관을 들이면 뇌의 젊음을 유지할 수 있다고 한다. 뇌의 젊음은 건강과 외모의 젊음과도 직결된다. 앞으로는 서른 살을 창의적이고 의욕적으로 산 사람들과 그렇지 않은 사람들의 노년은 외모에서부터 큰 격차가 벌어질 것이다.

수명이 60세였던 시절에는 30세가 중년이었지만, 이제 그 나이는

'가장 어린 어른'이 막 된 시기라고 할 수 있다. 이십대 동안에 워밍업을 해놓았기 때문에 가장 가볍게 날아갈 수 있는 이 시기는 날아갈 방향을 정할 수 있는 마지막 시기이기도 하다.

일상의 모든 지표가 "너무 늦었다"고 말할지라도 독한 마음을 품고 앞으로의 삶을 기획해야 한다. 십년 후, 그렇게 한 여자와 그렇지 않은 여자의 삶은 완전히 달라져 있을 것이다.

08

스무 살보다 서른 살에 시작하는 것이 더 쉽다

가장 훌륭한 시는 아직 씌어지지 않았다.
가장 아름다운 노래는 아직 불려지지 않았다.
최고의 날들은 아직 살지 않은 날들.
가장 넓은 바다는 아직 항해되지 않았고,
불멸의 춤은 아직 추어지지 않았으며
가장 빛나는 별은 아직 발견되지 않았다.
무엇을 해야 할지 더 이상 알 수 없을 때
그때 비로소 진정한 무엇인가를 할 수 있다.
어느 길로 가야 할지 더 이상 알 수 없을 때
그때가 비로소 진정한 여행의 시작이다.

나짐 히크메트

D는 대기업은 아니지만 브랜드가 잘 알려진 식품 회사에 입사했다. 그녀는 취업난 속에서 이만한 회사에 취업을 한 게 어디냐 싶어 감사한 마음으로 열심히 다니며 일을 배웠다. 그런데 밖에서 볼 때에는 탄탄하고 이미지 좋은 그 회사는 직원들에게는 박하기 그지없는 곳이었다. 연봉은 동종업계보다 짜면서도, 노동력은 살뜰하게 뽑아내는 재주가 있었다. 그 회사의 직원으로서 느끼는 장점은 그런 짠돌이 경영 덕인지 불황 속에서도 망할 위험이 없다는 것 하나였다.

이십대 때에는 안개 속에 갇힌 것 같은 불안 속에서 안착한 회사를 꼭 붙들고 싶은 마음이 있었고, 일 배우는 것만으로도 정신이 없었기 때문에 딴 생각이 들지 않았다. 하지만 서른이 되자 생각이 달라지기 시작했다. 이제 일은 손에 익어 그다지 어렵지 않은데, 윗사람들 꼼수는 눈에 들어오고 일 못하면서 자존심은 하늘을 찌르는 후배들 얼러가며 일을 시키는 건 고행에 가까웠다. 이제 제법 일을 좀 하게 되고 보니, D는 자신이 하는 일이 별것 아니라는 생각이 들었다. 보람이 있거나, 어려서부터 그토록 목 놓아 외치던 '자아실현'과도 전혀 상관없는 일이었다. 자신의 일은 돈밖에 모르는 경영주의 배 불리는 걸 도와주는 기계적인 일일 뿐이었다.

게다가 그녀가 다니는 회사 안의 고위 관리직에는 여자가 거의 없었다. 선배들은 거의 둘째 출산이나 아이가 초등학교를 다니기 시작한 후 회사를 그만두었고, 유일한 여자 부장은 멋진 골드미스와는 거리가 먼 성질머리만 사나운 노처녀였고 결코 닮고 싶지 않은 사람이었다.

'지금 여기서 빠져나가지 않으면 어영부영 이직 기회를 놓치고는 몇 년 후 덜컥 애 낳고 반강제로 사표 쓰거나, 죽어라 일해서 버틴다 해도 고작 김 부장처럼 될 거야.'

이제 D의 지상과제는 어떻게 하면 이 회사를 그만둘까가 되었다. 그녀는 일 못해서 쩔쩔매고 매일 선배들한테 혼나고는 화장실에서 울던 신입 시절은 새까맣게 잊은 채 "그래도 아무것도 모르고 일만 배우던 예전이 좋았어"라고 중얼거리며 한숨을 내쉬는 것이었다.

지금 직장생활을 하고 있는 서른 살 여자 치고 D의 처지에 공감하지 않는 이는 드물 것이다. 그녀와 다른 생각을 하고 있는 갈래라면 직장생활 자체에 환멸을 느끼고 결혼해 전업주부로 들어앉고 싶어 하는 정도겠으나, 요즘 외벌이로 생활을 지탱할 수 있을 정도로 경제력 있는 남자를 만나는 일의 어려움에 더해, 그게 가능하더라도 나중에 치러야 할 대가가 만만치 않으니 그마저도 희망사항에 그치는 경우가 많다.

서른 살 여자들이 일에서 떠날 고민을 더 많이 하는 건 당연하다. 이 무렵, 자신이 삼십대까지만 일을 할 것인가 아니면 마흔이 넘어서도 일을 할 것인가를 결정하고 그에 따른 준비를 해야 하기 때문이다.

우리는 역사상 최초로 여자들이 마흔이 넘어 일하는 것을 자연스럽게 여기는 시대를 살고 있다. 때문에 기존에 형성돼 있는 사회에는 마흔이 넘은 여자들을 위해 마련되어 있는 자리가 없다. 막연하게 지금 하고 있는 일을 언제까지나 계속할 수 있을 거라고 생각하다가는 어느 날 갑자기 용도 폐기된 기계처럼 거리로 내던져질 수도 있으니 고민을 할 수밖에 없는 것이다.

서른 무렵의 여자들이 떠날 궁리를 하고, 실제로도 수없이 떠나는 또 다른 이유는 이제 한 사람의 인간으로서의 저력이 생겼기 때문이기도 하다. 스물다섯 살에는 새로 시작하기에는 늦었다고 생각했던 여자들이, 오히려 서른 살에는 아직 늦지 않았다고 생각하고 떠난다. 떠나면 큰일 나는 줄 알았던 이십대 때와는 달리 뒷수습을 할 자신감이 있기 때문이다.

조직 속에 매몰되어 있는 동안 가슴이 답답해서 자신과 미래에 대해 깊이 생각해볼 여유가 없다고 느낀 여자들은 조금 긴 휴식을 취하며 자신에 대해 생각해보고 싶어 한다. 그래서 저축한 돈으로 어학연수라는 좀 더 실용적인 구실을 붙여 외국 여행을 떠나기도 한다.

나는 이 시기 여자들의 고민이 가치 있는 것이라고 생각한다. 설사 제자리에 머물겠다는 결정을 내린다고 해도 그 자리에서 뭔가 변화를 꾀할 수 있는 계기를 만들 수 있기 때문이다.

하지만, 그 가치 있는 서른 살의 고뇌가 다람쥐 쳇바퀴 돌듯 반복되기만 해 현실부적응자로서의 상흔만 남기게 하지 않으려면 현명함과 독한 결단력, 그리고 책임감이 필요하다.

모든 사람은 서른에 다시 시작한다

나는 서른 살 무렵까지 매일 거르지 않고 일기를 썼다. 스물두 살에 쓴 일기를 보면 늦었다는 말투성이이다. 지금 생각해보면 무언가를 시작하기도 전, 차라리 사회적인 태아라고 할 수 있을 그 나이에 무엇이 그리 늦었다고 생각했는지 실소가 나올 뿐이다. 마흔 무렵인 지금, 나는 그때 모든 일에 조급하기만 했던 나를 떠올리며 다시 부끄러워진다.

서른 살 여자들은 무언가를 다시 시작해야 한다는 것을 알고 있다. 그러나 자신이 변화의 막차를 탔다고 생각해 상당히 조급해하는 경향이 있다. 서른이 되어도 가진 것, 해놓은 것이 없다는 것이 그녀들에게 부담이 된다. 하지만 서른의 빈손은 그냥 아무것도 쥐지 않은 손이 아니다. 스스로에 대한 고민도 해보지 못하고 몸만 자란 애어른에서 세상사에 익숙해진, 일을 좀 할 줄 아는 손이다. 이제 당신은 그 손으로 새롭게 출발선상에 선 것이다.

지금의 한국가정법률상담소의 전신인 여성법률상담소를 세운 한국 최초의 여성 변호사이자 여성 인권운동가인 이태영은 독립운동하던 남편의 옥바라지를 하다가 서른셋에 법대에 입학했다. 스티브 잡스가 자신이 창업한 애플에서 쫓겨나고 회사를 하나 차렸다가 망한 다음 픽사를 인수한 일련의 사건들도 모두 그가 서른을 맞고 1~2년 안에 벌어진 일들이다.

우리 주변에서 자기만의 일을 성공적으로 찾아낸 대부분의 사람들도 대부분 서른 무렵 한 번씩은 방황과 위기를 맞고 새로운 돌파구를 찾아낸 사람들이다.

H도 그런 경우였다.

대학 졸업 후 그녀는 계약직 단순 업무를 거쳐 증권사에 입사했다. 홍보실 소속의 사내 방송국에서 방송 프로그램을 만드는 게 그녀의 일이었다. 평소 영화 등 대중매체에 관심이 많았고, 음대를 나와 선곡에도 자신이 있으니 적성에 맞을 것 같았다. 처음에는 일이 신기하고 재미있었다. 그러나 몇 년 일하고 익숙해지다 보니 그 일에도 회의가 들었다. 사내 방송국에서 일한다는 것은 그 안에 틀어박혀 얌전히 프로그램을 만들기만 하면 되는 것이 아니었다. 출연할 직원들 섭외하고 설득하는 게 주된 일이었고 그렇게 힘들게 만드는 프로그램은 회사 윗분들의 검열을 받기 바빴다. 오래 일할 수 있는 일이 아니다 싶으니 점점 딴생각도 많아졌다.

그러던 중 H는 인터뷰를 했던 다른 팀 직원을 통해 채권을 운용하는 부서에서 영업을 하는 일에 관심을 가지게 되었다. 조금씩 공부를 하다 보니 그쪽 일이 그렇게 재미있을 수가 없었다. 그만큼 배우는 속도도 빨랐다. 그녀는 고등학교 시절 그토록 수학을 싫어하던 자신이 돈에 관련된 숫자에는 이렇게까지 두뇌회전이 빠를 줄 몰랐다.

"H씨가 이쪽에 감각이 있네요. 원래 증권사는 부서별 이동이 열려 있는 편이니까 본격적으로 공부를 해보세요. 사내 방송국처럼 전혀 상관없는 일을 하다가 영업이나 트레이딩을 하는 경우가 많지는 않지만 H씨는 가능성이 있는데요."

대학 입시 때에도 그다지 책에 몰입하지 않았던 그녀는 그날부터 그야말로 신들린 듯 공부했고 원하던 부서에서 일을 하기 시작했다. 역시 그녀는 재능이 있었는지 나날이 실적이 올라갔고 성과급이 있는 일이니만큼 전보다 배나 많은 연봉을 받게 되었다. 무엇보다 그녀가 몇 년이 지난 지금까지도 다행이라고 생각하는 것은 자신이 하기에 따라 이전보다는 오랫동안 할 수 있는 일을 찾게 되었다는 점이다. 증권사 직원의 은퇴가 다른 회사보다 빠르다는 것을 아는 그녀는 지금도 열심히 일하면서 다시 마흔이 되어서의 변신을 계획하고 있는 중이다.

나의 서른 살도 그녀와 다르지 않았다.

대학 시절, 어떤 종류이건 '글을 써서 밥 먹고 사는 것'을 장래 희망으로 정한 나는 이십대 내내 모든 형태의 글쓰기에 도전했다. 방송사에서 방송용 글도 써봤고, 영화사에서 시나리오도 썼다. 잡지에 자유기고도 했고, 스릴러 소설도 썼고, 어린이들을 위한 동화도 여러 권 썼다. 그 중 동화는 제법 성공적이어서 출간된 지 십년이 지난 지금까지도 꾸준히 읽히는 책들이 있다.

소원대로 아쉬우나마 글로 밥을 먹고 살 수 있게 된 서른 무렵, 갑자기 나와 같은 여자의 삶에 대한 생각들이 마치 열병을 앓는 것처럼 크고 무겁게 다가왔다. 그 생각들은 치열하게 산 이십대를 관통하는 깨달음일 수도 있었고 후회일 수도 있었다. 그 감정들은 이어서 막연한 원망으로 이어졌다.

'왜 아무도 나한테 이런 얘기를 안 해준 거지?'

어려서부터 대학 시절까지 줄기차게 읽었던 수많은 책에는 훌륭하게 살라는 말은 있었지만 영리하게 살라는 가르침은 없었다. 그 수많은 독서가 내 개인의 삶을 구제해주지는 못했다는 생각이 들면서 남들이 품위 때문에 차마 책으로 말하지 못하는 솔직한 충고들을 쓰고 싶어 손이 근질거리기 시작했다. 그때까지 나온 책들처럼 위인전에 나올 법한 위대한 여자들만을 롤 모델로 삼아 본받으라고 종용하는 것이 아닌, 보통 사람으로서 잘사는 방법을 말해주고 싶었다. 하지만 그것은 이제 어느 정도 동화작가로서 경력을 쌓아가고 있는 나에게는 모험이었다.

걱정대로 당시 출판가에서는 이런 화법을 품위가 없는 것으로 여기는 듯했고 원고는 여러 차례 거절당했다. 결국 간신히 눈 밝은 편집자를 만나 나오게 된 책이 이후 국내외에서 이백만부가 팔려 나간 『여자의 모든 인생은 20대에 결정된다』였다. 서른 살 무렵의 고민과 결단이 나의 진로를 바꾸고 진짜 적성을 찾아준 것이다.

서른이 흔들리는 것은 당연하고 마땅하다. 정신적으로 풍족하게 사는 사람들의 공통적인 특징이 자기 삶에 대한 통제력을 갖는 것인데, 서른 살은 그 전환점에 놓이는 시기이기 때문이다.

이십대 시절은 마치 바닥의 모래를 휘저어 놓은 수족관과 같다. 물이 온통 부옇고 지저분해서 시야를 확보할 수가 없으니 수족관 안 물고기를 위해 할 수 있는 것도 없다. 할 수 있는 일이라고는 물이 조금이라도 빨리 맑아지도록 여과기를 돌리는 게 전부이다. 마찬가지로 제대로 할 줄 아는 게 없는 이십대는 모호하고 혼란스럽기는 하나 일단 '적응'이라는 목표를 갖고 있어서 나름 안정된 모습을 보인다.

시간이 지나 부유물이 가라앉고 맑은 시야가 확보되면 수족관 안의 문제와 바꿔야 할 점들이 보이기 시작한다. 수초를 너무 많이 심었는데 아깝지만 뽑아서 버려야 할까? 개체수가 너무 많아졌으니 어항을 좀 더 큰 것으로 바꿀까? 새로 바꾼 사료가 먹이반응은 좋지만 물을 오염시키는데 다른 걸로 바꿀까? 이렇게 시야가 트여서 없던 고민이 생기는 때가 서른인 것이다.

시야가 맑아지면 고민거리가 생기니 차라리 휘저어 놓은 흐린 수족관쪽이 더 낫다고 할 사람이 있을까? 서른은 자기 인생을 온전히 자기 힘으로 설계할 기회를 얻게 되는 시기이다. 기쁘고 설레는 마음으로 새로운 시작에 나서는 나를 스스로 축복해보자. 영문 모를 초조함으로 서른의 밤을 지새우기에는 이 시간에 가진 것들이 아깝고, 아깝다.

09

서른엔 꿈을 꾸면 안 되는 것일까?

날아 오르고픈 충동을 느낀 자는
절대 기어 다닐 수 없다.

헬렌 켈러

꿈, 목표, 그리고 집착을 구분하라

놀거리가 없고 책도 귀하던 내 유년 시절, 가장 신나는 시간은 뭐니 뭐니 해도 만화영화를 보는 시간이었다. 요술공주가 등장하는 만화나 '캔디' 같은 순정만화도 좋았지만 묘하게도 내가 가장 좋아했던 것은 '스머프'였다.

백명의 스머프가 사는 스머프 마을은 온화한 지도자인 파파 스머프의 보살핌 아래 있는 숲속의 유토피아이다. 스머프들은 적성을 발견하면 그에 따른 이름을 스스로 짓고 평생 그 일을 하며 살게 된다. '화가 스머프' '농부 스머프' '편리 스머프' '익살이 스머프' '요리사 스머프' 등 스머프들은 자신이 하는 일에 따라 차별 받지 않고, 자신이 좋아하는 일을 하며 사이좋게 살아간다.

아이들 사이에서 그게 공산주의를 상징하는 만화라는 괴담(?)이 나돌아 섬뜩하기는 했지만(그 시대 '국민학생'들은 공산주의자들이 늑대의 모습을 한 악마라고 교육받았다) 금세 털어내고 스머프에 빠져들곤 했다. 아직 장래희망을 정하지 못했던 어린 나는, 아마도 좋아하는 일을 즐겁게 하며 사는 모습을 동경했던 모양이다. 다시 말해 스머프처럼 사는 것이 내 꿈이었다.

누구나 성장 과정에서 그 비슷한 꿈을 꾸는 시기가 있다. 그러나 자신의 꿈과 주변에서 꾸어야 마땅하다고 인정해주는 꿈이 달라지면서 꿈은 변질되기 시작한다. 그래서인지 이제 서른 즈음이면 '꿈'이라는 말이 유치하게 들리기 시작한다. 꿈이 있다는 사람의 이야기를 들으면 그게 무척 허황되게 들리고, 철 좀 들라고 말해주고 싶어진다.

국어사전에서 '꿈'이라는 말을 찾아보면 세 가지 뜻이 있다. 1번은 잠잘 때 자는 꿈, 2번 의미는 '실현하고 싶은 희망이나 이상', 그리고 3번은 '실현될 가능성이 아주 적거나 전혀 없는 헛된 기대나 생각'이다. 언젠가부터 어른들에게 '꿈'이라는 단어는 3번의 의미로만 통용되는 것 같다.

꿈보다는 덜 거부감을 느끼게 하는 말이 '목표'이다. 목표는 어떤 특정한 행동의 지향점이고 도달하는 기간이 정해져 있으며 이루지 못하면 의미가 없는 것이다. 지금 대리인 사람이 이년 내에 과장으로 승진하기로 결심했다면 그건 목표이고, 먼 훗날 사장이 되기로 결심했다면 그건 꿈이다. 따라서 목표가 꿈을 대신할 수는 없는데도 우리는 그렇게 한다.

꿈에는 상상력이 필요하다. 당장의 사정으로는 논리적으로 도달할 방법이 없지만 상식적인 과정을 뛰어넘어 이루어진 상태를 눈으로 그려 보는 것이다. 그 인과관계의 부재가 꿈을 허황된 것으로 보이게 하지만, 꿈은 길잡이별과 같아서 우리가 길을 잃지 않고 한 방향으로 가게 해주는 힘이 있다. 그래서 꿈을 가진 사람의 삶에는 윤기가 흐른다. 현실적인 삶에 있어서도 도움이 되는 것이다.

서른을 막 넘어선 사람들이 "나에게도 꿈이 있었지만 지금은……"이라고 버릇처럼 되뇌며 꿈을 추억으로만 말하는 것이 안타깝다. 모든 꿈이 이루어지는 것은 아니지만 꿈을 꾸지 않으면 그 무엇도 이룰 수 없기 때문이다. 꿈을 버린다는 것은 삶의 주도권을 내가 갖지 못한다는 뜻이다.

I는 평범한 사무직 직원으로 일하다가 도무지 적성에 맞지 않는다는 것을 깨닫고는 사표를 내고 산업디자이너로서의 길을 가게 되었다. 이전 직장에서 디자인 외주 회사의 일을 관리하다가 자신이 그쪽으로 관심과 재능이 있다는 것을 알게 된 것이 계기였다. 적지 않은 나이에 전혀 다른 분야의 일을 하는 것이 쉽지는 않았지만 이 년 간의 유학을 마치고 돌아와 그녀가 일을 주던 그 회사에 취직해 일을 하게 되었다.

대기업을 다니며 부모님의 자랑거리로 살던 그녀가 직원이 열 명도 채 되지 않는 회사에, 그것도 그녀가 '갑甲'의 입장에서 일을 주던 곳에서 일을 하게 된 것이다. 이십대에 창업을 했다는 회사 사장은 그녀보다도 나이가 어렸다. 생각하기에 따라서는 얼마든지 자신의 처지를 비관할 수도 있는 상황이었다. 하지만 이직을 한 뒤의 I에게서는 그 또래의 직장인들에게서 흔히 보이는 '삶에 찌든 표정'이 보이지 않았다. 나중에서야 나는 그녀가 남과 달랐던 이유를 알 수 있었다.

그녀는 그녀의 이름이 마치 제품 로고처럼 새겨진 세련된 낙관을 갖고 있었다.

"외국 브랜드는 디자이너의 이름이 많잖아요. 그런데 우리나라 이름은 외국 사람들이 발음하기 어렵다고 생각해서인지 혹은 촌스럽다고 생각해서인지 브랜드 이름을 따로 짓는 경우가 많아요. 전 제 이름으로 브랜드를 만들 거예요. 언젠가는 제 이름을 새긴 물건이

집집마다 하나씩 있게 될 날이 올거예요."

그녀는 소수의 특권층, 즉 '꿈을 가진 자'였던 것이다.

'내 삶을 위한 꿈'을 꾸라

사람들이 꿈을 가지는 것을 두려워하는 이유는 그것이 이루어지지 않을 때 좌절할 것이 두려워서이다. 개중에는 꿈이 이루어지고 나서 허무할까봐 걱정하는 사람도 있다. 하지만 꿈 때문에 낙심하고 좌절하는 사람들은 대개 꿈을 향해 온몸으로 나아가지 못한 사람들이다. 비록 이루지 못했다고 해도 꿈을 향해 죽도록 달려본 사람은 그 꿈 근처에까지 가본 쾌감을 추억으로 간직하거나, 달려가는 길에서 또 다른 길을 찾아내기도 한다. 그것은 곁에서 꿈을 이루지 못했다고 비웃기만 하는 사람들은 끝까지 이해할 수 없을 자산이요, 행복감이다.

꿈 때문에 피해를 보았다고 주장하는 또 다른 종류의 사람들은 집착을 꿈으로 착각한다. 사람들에게는 자신이 한 선택을 유지하고 합리화시키려고 하는 심리가 있다. 특히 그 선택에 이미 시간과 노력을 투자한 경우라면 더더욱 그렇다. 지구 종말을 기다리는 사이비 종교 추종자들이 예언이 이루어지지 않았는데도 믿음을 유지하는 기현상도 그런 집착이 원인이다. 신자들은 이미 그 종교 때문에 재산과 인간관계 등 모든 것을 잃었기 때문에 그 믿음이 잘못된 것이라는 사실을 받아들일 수 없다. 그래서 예언이 이루어지지 않은 이유에 대한 교주의 어처구니없는 변명을 쉽사리 믿어버리는 것이다. 심리학자들이 말하는 인지부조화 현상이다.

뒤돌아보면 과거에 내가 구체적으로 갖고 있던 바람들 중에서 지금 이루어진 것은 단 하나도 없다. 나에게는 시나리오 작가로서 내 글이 영상화되기를 바랐던 것, 출판계에 발을 들이고 나서는 소설로 먼저 성공하고 싶었던 것 등 지금은 아무렇지도 않지만 당시에는 끊어내는 데 아픔이 따랐던 바람들이 있었다. 그런 큼직큼직한 것은 물론이고 하나의 일을 이루어가는 세세한 과정에서도 마찬가지였다. 살면서 내 맘대로 된 것은 하나도 없는데 신기하게도 지금 나는 썩 살만 하고, 내 꿈대로 살고 있다고 느끼고 있다. 그건 이루어지지 않았던 그 바람들이 다름 아닌 집착이었다는 것을 알기 때문이다.

때로 우리는 특정한 삶의 시점에서 깊은 인상을 받은 무언가를 마음에 새기고 그 이미지 자체를 꿈으로 착각한다. 그래서 거기에서 벗어나는 모든 것들을 거부하기도 한다. 그러나 우리는 자신이 잘하거나 원하는 것을 정확히 알지 못할 때가 더 많으며, 지나치게 좁게 잡은 초점이 잘못된 것을 겨누고 있을 가능성이 크다. 애초의 초점만을 마음에 담고 그 이외의 것을 배제하는 것은 집착이다.

꿈은 야구장의 홈베이스처럼 한 점을 콕 찍어야만 이루어지는 것이 아니다. 보통 사람들의 편견과는 달리 마음에 품게 된 꿈의 이미지를 중심으로 확장시킨 뒤 좀 더 넓은 범위에서 꿈을 찾는 사람들이 더 많다. 영화 시나리오만 진정한 시나리오라고 믿다가 TV 드라마 대본을 써서 자리를 잡은 작가, 웹 디자인을 하다가 IT 전문가가 된 사람, 순수미술을 하고 싶었지만 화보 사진에서 적성을 찾은 사진작가, 의상 디자인을 공부하러 유학을 떠났다가 메이크업 아티스트가 되어 돌아온 사람 등, 집착을 버린 뒤 꿈을 찾은 사람들은 헤아릴 수 없이 많다.

꿈은 고정된 것이 아니라 끊임없이 갱신해야 하는 것이다. 가끔 꿈을 이룬 사람들 중 오히려 불행해진 사람들을 볼 수 있는데 그것은 그들이 꿈을 갱신하지 않아서이다. 아무리 커다란 꿈을 꾸었다고 해도 그 너머에는 아직 인생이 있으며, 이루어진 꿈으로 인생이 저절로 굴러가지지 않는다는 것을 미처 생각하지 못한 것이다.

나는 서른 이후에도 여러 개의 꿈을 꾸었고, 그 중 몇 개는 이루었지만 마흔 무렵인 지금도 항상 꿈을 꾼다. 지금까지의 삶도 좋지만, 나는 내 인생에서 가장 반짝이는 때는 아직 오지 않았다고 생각한다. 어쩌면 죽을 때까지 그럴지도 모르겠다. 그게 지금도 아침마다 눈을 뜨면 가슴 설레며 하루를 기대하게 해주는 힘이다.

아직도 드라마에 등장하는 집념의 주인공이 가진 것처럼 명료하고 한정적이며 '꼭 그것이 아니면 안 되는 것'만을 꿈이라고 생각하는가? 서른 살은 이제 '꿈을 위한 꿈'이 아니라 '내 삶을 위한 꿈'을 꿀 때이다. 꿈을 한정할 때는 유연하고 온화하되, 꿈을 향해 나아갈 때는 진득하고 독할 수 있다는 전제 하에, 꿈은 얼마든지 실용적일 수 있는 것이다.

10

꿈만 꾸는 서른은 꿈을 이루지 못한다

꿈을 꾸는 모든 사람이 꿈을 이루지는 못한다.
그러나 꿈을 이룬 사람 중에
꿈을 꾸지 않은 사람은 없다.

스티브 안드레아스, 찰스 포크너

지금 서른인 당신은 자신이 하고 있는 일이 지겨워서 미칠 지경일지도 모르겠다. 생활비 걱정만 없다면 유학도 가고 공부도 하고 싶은데 여건이 되지 않으니 어쩔 수 없이 생계형 직업에만 매달려 있는 자신이 처량하기만 하다. 불공평한 세상이 원망스러울 수밖에 없다.

하지만 내가 만난 사람들 중 여건이 좋아서 자기가 하고픈 일만 하고 꿈을 이룬 사람은 드물었다. 모두들 내가 그 입장이라고 바꿔 생각하면 아득해지는 환경에서 꿈틀꿈틀 무언가를 해낸 사람들이었다.

사람들은 일을 시작하려면 충분한 워밍업이 필요하다고 생각한다. 그런데 그 워밍업이라는 것도 일단 밖에 나가 슬슬 뛰는 것을 뜻하는 것이니만큼, 방 안에서 운동을 하겠다는 마음의 준비를 하고 운동 복장을 갖추는 데 지나치게 많은 시간을 보내서는 안 된다. 꿈을 구체적인 행동으로 옮겨 보지 않은 사람일수록 공부라는 예열 시간에 많은 비중을 두지만, 실력은 언제나 실전에서 나온다. 그래서 어떻게 하면 작가라는 직업을 가질 수 있겠냐고 묻는 많은 사람들에게 나는 한결같이 대답한다.

"어떻게든 글을 써서 원고료를 받는 일을 시작해 보세요."

아무도 읽지 않을 글을 혼자 일기처럼 쓰고 버리는 일을 반복하는 것도 분명 글을 쓰고자 하는 사람들에게 필요한 과정이다. 그러나 내게 '글을 쓰는 직업'에 대해 묻는 사람들이라면 허만 멜빌

Herman Melville이나 카프카Kafka처럼 죽고 나서 작가라는 직업을 얻고 싶은 이들은 아닐 것이다. 타인에게 읽힐 만한 글을 쓰도록 훈련받는 데에는 아무리 적더라도 그 일로 돈을 받는 것 만한 것이 없다. 돈을 주고 사는 사람들만큼 정확하게 그들의 글을 평가해주는 사람은 없기 때문이다. 부탁으로 어쩌다 글을 읽어주는 지인이나 기성문인들은 정확하고 냉정한 평가를 해줄 만큼 많은 고민을 할 동기와 에너지가 부족하다. 섣불리 악평을 했다가는 괜한 악영향을 끼칠 수도 있기 때문에 적당한 칭찬과 마음 다치지 않을 둥글둥글한 지적으로 평가를 마무리하기 쉽다.

영화제작사에 소속되어 시나리오를 쓰던 시절의 일이다. 창작물에서 펼쳐질 이야기를 요약해 놓은 것을 시놉시스라고 하지만 영화제작 과정에서의 시놉시스는 단순한 줄거리 요약이 아니다. 제작자나 감독, 투자자에게 이 이야기가 얼마나 재미있는지 설득하는 수단이기 때문에 가독성이 좋아야 하고, 군더더기가 없어야 하며, 그 자체로 재미있어야 한다. 시놉시스로 시선을 잡지 못하면 시나리오를 아예 읽지 않는 경우도 많다. 나는 공동 작업을 하던 동료들의 주문을 반영해 한 번 시나리오 작업에 들어갈 때마다 시놉시스를 백 번도 넘게 고쳐 썼다. 시나리오를 위해 내게 계약금을 준 사람들이 있었고, 그것을 보고 수십억 원의 투자를 결정해야 하는 사람들이 있었기 때문에 그럴 수밖에 없었다. 그때의 경험은 나중에 다른 종류의 글을 쓰는 데에 엄청난 도움이 되었다.

실전이 중요한 또 다른 이유는, 최단 시간에 실력을 끌어올리는 데 생계만큼 절박한 동기가 없기 때문이다.

팝아트의 창시자 앤디 워홀Andy Warhol은 동유럽 이민자 출신의 가난한 가정에서 자랐다. 어린 시절부터 앓아온 지병이 있어 건강도 썩 좋지는 않았다. 그런 그가 그림을 그려 먹고 살겠다는 꿈을 이루려고 맨손으로 뉴욕에 왔을 때 생계는 거대한 장벽일 수밖에 없었다. 그는 잡지에 들어가는 삽화를 그려주는 아르바이트를 하기로 마음먹었지만 가는 곳마다 퇴짜를 맞았다. 그러다가 우연히 어느 패션 잡지에서 구두 일러스트가 필요하다는 말을 듣고는 죽을 힘을 다해 구두 그리기를 연습한 뒤 포트폴리오를 들고 무작정 그 잡지 담당자를 찾아갔다. 그 일을 계기로 그의 생계는 점차 예술로 이어졌다. 그래서 산업과 예술의 경계를 허문 그만의 예술세계가 탄생했고, 그가 세상을 떠난 지 이십여 년이 지난 지금도 그의 그림을 곳곳에서 볼 수 있게 된 것이다.

실전에 뛰어드는 용기가 필요하다

꿈을 입에 올리는 사람들이 가장 먼저 생각하는 공부나 유학도 실은 실전에 뛰어드는 용기를 낸 사람들에게 더 유용한 것이다.

공대를 졸업하고 정보통신 분야에서 경력을 쌓은 B는 삼십대가 되자 진로에 대한 고민에 빠졌다. 지금 하고 있는 일이 좋기는 하지만 마흔이 넘어서 할 수 있는 일은 아니었다. 자신이 일을 하면서 부딪혔던 기술적 한계를 극복할 만한 공부를 더 하고 싶었고 평생 이 분야의 일을 하고 싶었다. 그녀는 유학을 결심했다.

하지만 주변에서는 온통 그녀를 걱정하고 만류하는 소리뿐이었다. 가려면 대학 졸업하자마자 젊을 때 갔어야 했다는 말도 들렸고, 힘들게 자리 잡은 좋은 직장을 왜 버리려느냐는 질문도 받았다. 나이가 많아서 귀국 후 재취업은 힘들 것이라는 현실적인 충고도 흘려들을 수만은 없었다. 하지만 공부하고 싶은 뚜렷한 대상과 목적이 있었던 그녀는 더는 고민하지 않고 떠났고 마음껏 공부한 뒤 돌아왔다. 그녀는 유수한 회사의 수석 연구원을 거쳐 그동안 쌓은 인맥과 경험을 토대로 사업을 하고 있다. 자신이 좋아하는 분야를 연구하며 오래 일하고 싶었던 바람을 현실화시킨 것이다. 그녀는 유학을 준비하는 삼십대 후배들에게 오히려 유학하기에 가장 좋은 시기가 지금이라고 독려해준다며 이렇게 말했다.

"유학생들의 80퍼센트가 하는 고민이 뭔지 아세요? 바로 '내가 뭘 공부하지?' 하는 거예요. 공부라는 게 누가 가르쳐주는 사람이 없고 혼자서 자기가 할 공부를 찾아야 하는 거거든요. 그러다 보니 대학교 졸업하자마자 단순한 다음 절차로 학위 따러 온 어린 친구들은 자기가 공부하고 싶은 분야조차 제대로 찾지 못하고 우왕좌왕하다가 시간을 보내는 거죠. 뚜렷한 목적을 가지고 제대로 공부하는 사람들이 오히려 드물어요. 하지만 전 실무를 경험하면서 제 한계를 분명히 알고 있었거든요. 덕분에 방황하지 않고 얻어야 할 것을 충분히 얻어올 수 있었어요."

박사 학위가 흔해지고 유학 다녀온 사람들도 너무나 많은 요즘에는 유학 자체가 경력에 그리 큰 도움이 되지는 못한다. 고용주들도 유학이라는 이력이 목적 없이 휩쓸려 다니다가 간신히 학위를 따거나 그마저도 못한 이들까지도 포함한다는 사실을 충분히 알고 있기 때문이다. 하지만 충분한 내적 동기를 가진 사람이 필요한 공부를 하러 떠날 때에는 이야기가 달라진다. 단순한 '스펙'이 아니라, 자신감과 보다 넓은 시야 등 스스로의 힘을 키우는 계기가 될 수도 있기 때문이다. 인사 담당자들은 그런 힘을 가진 사람을 귀신같이 알아본다.

사람들은 꿈을 이루는 데 가장 필요한 것이 환경적 요건이라고 생각한다. 물론 최소한의 여건이 갖추어져야 하는 것은 사실이지만, 그보다 더 필요한 것은 바로 앞으로 나아가는 독한 추진력의 연료인 간절함이다. 간절함이 없다면 제아무리 완벽한 환경이 갖추어져 있다고 해도 꿈을 향해 다가갈 수 없으며, 오히려 그 환경이 변명거리가 될 수도 있다.

언젠가 출판업을 하는 지인에게서 다른 사람의 원고를 봐달라는 부탁을 받은 적이 있다. 오래 전부터 작가가 꿈이었는데 부모님의 재산을 관리하느라 너무 바빠서 제대로 습작할 시간이 없다는 사람이었다. 원고를 보았더니 도저히 책으로 낼 수 있는 수준이 아니었다. 전문 작가에게 윤색을 의뢰한다고 해도 이 상태로는 구제될 수 없겠다고 지인에게 말하고 원고를 돌려보냈다. 나중에 들으니 본인이 책의 제작비를 대서 자비출판을 하겠다는데도 출판사 측에서 글을 다시 써줄 전문 작가를 따로 고용하지 않으면 책을 내줄 수 없다고 해 그마저도 포기했다고 한다.

그는 부모님 재산 관리 때문에 바빠서 글을 쓸 시간이 없다고 했지만 그렇다고 직업이 따로 있는 것도 아니었다. 그런 그가 아르바이트를 하며 생활비를 충당해 지하셋방에서 불을 밝혀가며 글을 쓰고 등단을 한 작가들보다 여건이 나빴다고 할 수 있을까? 그의 글에서는 제대로 훈련을 받거나 습작을 해본 흔적을 찾아볼 수 없었기에 재능이 있는지 없는지조차 가늠할 수 없었다. 그에게는 간절함이 없었다. 그래서 최소한 자신의 꿈을 재능 때문에 접어야 하는 것인지조차 알아볼 기회가 없었다.

서른에 꿈을 향해 성큼 다가가는 이들이 많은 이유는 그들에게 간절함이 있기 때문이다. 그래서 독해질 수 있다. 이십대에는 조금쯤 느슨해진다고 해도 아직은 젊은 부모님이 뒤를 돌봐줄 여력이 있고 자신도 젊어서 기반이 없는 게 당연하다고 변명할 수 있다. 하지만 서른에는 진짜 어른으로서의 부담감과 그에 따르는 간절함이 있고, 그게 꿈을 향해 앞으로 튕겨져 나가게 해주는 추진력이 되어주는 것이다.

가장 쉬운 일은 내가 좋아하는 일이다

요즘은 시대가 흉흉해서 젊은이들이 꿈을 이루기 힘들다는 한탄이 많고 나도 전적으로 거기에 동의한다. 요 몇 년 물가가 살인적으로 올랐으며, 한국은 아직도 평균 노동시간이 세계에서 가장 긴 나라 중 하나이다. 하지만 내 기억이 닿는 그 어느 시대이건 당대의 공기가 핑크빛이었던 적은 단 한 번도 없었다. 지금은 "고도 경제

성장기였기에 젊은이들 취업 걱정이 없었다"라고 평가되는, 좋았던 시절로 회자되는 1980년대 후반에서 1990년대 초반에 진로를 걱정하던 나는 언제나 주변에서 "요즘은 유래 없는 경제난의 시기이고 취업이 사상최고로 어렵다"는 말만 들었다. 대학 나와도 취직이 어렵다는 말에 불안해진 고3 시절의 나는 당시 취업 잘 된다는 소문이 자자하던 호텔경영학과를 가겠다고 충동적으로 말했다가 담임선생님이 뜯어말리는 통에 포기하기도 했다. 대학에 들어가서도 마찬가지였다. 졸업하고도 백수로 지낸다는 선배들의 소식이 심심치 않게 들려왔고 뉴스에서는 실업률이 높다며 암울한 우리의 미래를 예고했다. 그 이후로도 언제나 경기는 전보다 좋지 않았고 청년들이 꿈을 펼칠 여건은 악화되기만 했다. 하지만 그런 말들에 일일이 귀 기울이고 꿈을 접었다면 세상에 꿈을 이룬 사람은 아예 없었을 것이다.

언제나 사람들은 꿈을 이루는 것은 도박이라고 말한다. 특히 직설적인 한국인들은 남의 꿈에 대해 빈말로라도 "멋진 생각이네. 잘 될 거야"라고 말해주지 못한다. 하지만 나는 꿈을 이룬 사람들을 많이 보았다. 확고한 꿈을 갖고 있는 사람들은 보통 사람들이 알고 있는 말도 안 되는 확률을 뚫고 꿈을 이루는데, 희한한 것은 그게 그리 드문 일이 아니라는 것이다. 사람들이 말하는 실패의 확률은 막연하게 한 번 찔러본 사람이나, '아직은' 성공까지의 과정을 밟는 중인 사람들까지도 포함한 허수이다.

서른부터 다른 일을 시도해보고 싶다면 그것은 반드시 자신이 좋아하는 일이어야 한다. 안정적이고 쉬운 일이라고 해서 누구에게나 맞을 것이라고 생각하면 오산이다. 앞으로의 세상에서는 그 어떤 일도 마냥 안정성이 보장되지는 않을 것이고, 취미생활이 아닌 생업이면서도 쉬운 일은 없기 때문이다. 심지어 '칼퇴근'과 '철밥통'으로 상징되며 현재 한국에서 가장 인기 있는 직업인 공무원과 교사조차도 그렇다.

이 직업들은 일반 사기업처럼 생존경쟁이 치열하지 않고, 임신했다고 권고사직을 당하지도 않으며, 몇 년씩 육아휴직을 받을 수도 있어 특히 여자들에게 인기이다. 그래서인지 누구도 공무원이나 교사로서의 적성에 대해서는 생각해보지 않는 것 같다.

되기가 힘들어서 그렇지 그 좁은 문만 통과하면 아무나 쉽게 할 수 있는 일이라고 생각하는 공무원은 기본적으로 서비스업이다. 좀 더 편한 사무직 정도로만 알고 있는 사람들이 많지만, 차라리 매일 사람들을 대하는 감정노동자에 가깝다. 인터넷 시대에 더욱 똑똑해지고 권리의식이 높아진 민원인들은 툭하면 "내가 낸 세금으로 월급 받아먹고 살면서 이렇게밖에 일을 못 하냐"고 목소리를 높이고, 이해관계가 어긋나기라도 하면 욕설을 퍼붓기도 한다. 비나 눈이 많이 온다 싶으면 대기하고 있다가 기상특보가 내림과 동시에 주말 어느 때이건 아이를 들쳐 업고서라도 출근해야 하는 건 기본이며 선거, 전염병, 국제회의 등등 나라에 일만 생기면 동원된다. 수해 복구나 구제역 방역에 나섰던 공무원의 과로사 소식이 종종 들려오는 걸 보면 그런 일의 강도가 만만치 않다는 것을 짐작해볼 수 있다. 거기에 효율보다는 관행에 따르는 일처리 방식을 그대로 따라야 하는 스트레스도 만만치 않다. 보직에 따라서는 사기업 못지않게 야근을 해야 하는 일도 비일비재하다.

교사는 더하다. 나는 딸아이의 학교에서 초등학교 명예교사를 몇 번 해본 뒤로 '누군가 그냥 시켜준다고 해도 이 일만은 못하겠다'는 생각을 했다. 교사는 아이들을 가르치는 일이 적성에 맞고 사명감이 투철한 사람이 아니면 결코 가져서는 안 되는 직업이라는 것을 몸으로 깨달은 것이었다. 그게 안 되는 사람들이 좋은 직업이라는 이유만으로 교사라는 직업을 선택하게 되면 그 힘든 일에서 다른 보상을 찾기 위해 촌지라는 유혹에 빠질 수도 있겠구나 싶은 추론에까지 이른 강렬한 경험이었다.

교사는 적성에 맞는다고 해도 만만한 일은 아니다. 가르치는 일보다 더 많은 비중을 차지하는 행정업무, 방학이 있다고는 하지만 평소엔 웬만큼 아파서는 결근할 수 없는 점, 학부형을 상대하는 어려움, 모든 학교의 행사가 같은 날이기에 자기 자식의 입학식이나 졸업식에는 참석할 수 없다는 나름의 애환도 있다. 하지만 뭐니 뭐니 해도 이 직업들의 가장 큰 단점은 안정성과 연금이라는 큰 보상 때문에 아무리 적성에 맞지 않아도 그만둘 수 없다는 것이다.

이들보다도 진입장벽이 높은 의사, 변호사도 마찬가지이다. 혼자 틀어박혀 공부하기를 좋아하는 사람들이 자의 반 타의 반 이런 직업으로 몰리지만, 이 직업들의 특성은 수많은 사람을 만나야 한다는 것이다. 그것도 아프거나 곤경에 처한 사람들을 말이다. 지금쯤 어디에선가는 노벨상을 받은 물리학자가 될 수 있었을 사람이 동네 소아과 의사가 되어 있을지도 모를 일이다. 돈은 많이 벌지언정 그 일을 함으로써 행복하다는 사람들을 만나기 힘들었던 이유가 그 때문이었다.

직장이 놀이터 같다는 꿈의 직장 구글 본사는 어떨까? 직원들의 창의적 발상을 돕기 위해 온갖 꿈의 복지를 제공하는 회사라지만, 그런 지원을 받고서도 창의적 성과를 내지 못한다면 바늘방석에 앉은 기분으로 일해야 할 것이다. 가끔은 일을 하는 시간에 비례해서 성과가 쌓이는 기계적인 일을 하는 사람들이 부럽다는 생각을 해본 사람이라면 그 스트레스를 짐작할 수 있을 것이다.

어떤 일이든 그게 생업이 되면 틀림없이 힘들다. 그 어떤 각오를 해도 예상보다 힘들다. 하지만 자신이 하고 싶은 일이라면 상대적으로 덜 힘들게 일할 수 있다. 그리고 자주 보람도 느낄 수 있다. 나는 이 일을 하기 전 수많은 아르바이트를 했는데, 관심을 가졌던 분야에서 일하는 사람들을 만나면서 '아, 나는 이런 일들을 하면서 살 수는 없겠구나'라는 생각을 굳혔다. 안정된 밥벌이는 힘들겠다는 것을 뻔히 알면서도 이 길을 선택할 수밖에 없었던 이유는 내게는 글 쓰는 일이 가장 쉬웠기 때문이다. 십오년째 작가라는 직업으로 살아오면서 한 순간도 글이 쉽게 쓰인 때는 없었다. 좀 더 솔직해지자면, 쓰면 쓸수록 더 어려워지는 것 같다. 책을 마감할 때면 스트레스 때문에 관절통증, 치통, 요통, 이석증, 위장장애, 불면증, 안구건조증, 몸살, 알레르기 질환 등 온갖 잡병을 번갈아 가며 앓는다.

그런데도 나는 다른 일들보다는 이 일이 쉬운 것 같다. 먹고산다는 일의 엄혹함 속에서 어느 하나 만만한 일이 없으니 그나마 내가 좋아하는 일이 상대적으로 쉽게 느껴지는 것이다.

꿈에 손실제한 주문을 걸라

좋아하는 일을 포기하지 않고 한다면 꿈을 이루거나 최소한 차선의 꿈을 찾을 수 있을 것이다. 사실을 말하자면, 노력하면 무엇이든 반드시 이루어진다는 말은 거짓이다. 이루질 수도 있고, 아닐 수도 있다. 그러나 노력은 어떤 상황에서든 가치가 있는 것이다. 노력하는 모든 일이 이루어지지는 않지만, 노력 없이 이루어지는 일은 없기 때문이다. 더욱이 최선을 다한 노력은 원하는 열매는 아닐지라도 무언가 다른 대가를 준다. 성공한 사람들 중에는 그 '다른 대가'에서 기대하지도 않은 자신의 인생을 찾은 사람들이 더 많다. 영화배우 오드리 헵번도 그런 사람이다.

"저는 발레리나가 되고 싶어서 최선을 다해 노력했어요. 제가 할 수 있는 한 포기하지 않고 오랫동안 꿈을 키웠죠. 하지만 발레 슈즈를 사거나 치과에 가려면 당연히 돈이 필요했고, 결국 뮤지컬 무대에 서게 됐어요. 그렇게 해서 영화에도 출연하게 된 거죠……. 제가 처음 영화계에 들어갔을 때 저는 발레리나일 뿐 여배우가 아니었어요. 하지만 제게는 열심히 연습하고, 연습하고, 또 연습했던 경험이 있었죠."

어차피 한 번뿐인 인생이다. 좋아하는 일을 잘하는 사람이 되기 위해서 제대로 노력해보는 것은 자기 인생에 대해 한 번쯤은 꼭 갖추어야 할 예의이다.

어떤 사람들은 꿈을 위해 달리기 시작할 때 이게 과연 손해 보는 장사가 되지는 않을지 계산기를 두드려 보느라 전력 질주를 하지 못한다. 그들은 꿈에 대해 생각을 하다가도 '~할까봐' 라는 식의 걱정을 하고, 결국은 포기한다. 이야기를 들어보면 그 걱정들은 하나하나 일리가 있다. 그 누구도 그가 포기했다고 비난할 수는 없다. 그러나 그 말들을 뒤집어보면 결국은 '그렇게까지는 하고 싶지 않다'는 뜻을 내포하고 있다. 당신이 꿈을 위한 길을 가려고 한다면 그 길에 어떤 장애가 있는지를 먼저 알아보라. 그리고 '~할까봐 걱정인가?'라는 말을 '그렇게까지 하고 싶지는 않은 건가?'라는 솔직한 표현으로 바꾸어 스스로에게 질문해보라. 그러면 진짜가 아닌 꿈을 향한 망설임으로 시간을 낭비하는 일을 막을 수 있다.

이제 노력하는 일만 남았다면 노력에 대한 지금까지의 생각을 바꿔야 한다. 삼십대의 노력은 이전의 것과는 달라야 한다. 배운 것도 없고 잃을 것도 없는 이십대에는 자신을 온통 내어주는 종류의 노력이 필요했다. 하지만 자신의 삶에 대한 책임감이 생기고 체력도 예전 같지 않은 삼십대에는 '조금씩, 꾸준히, 포기하지 않고' 하는 노력이 필요하다. 이십대에는 하기 싫을 때에는 다 버리고 놀러가고, 꼭 해야 할 때에는 밤을 새워서 몰두하는 열정이 도움이 된다면 삼십대에는 매일 일정한 시간을 꼬박꼬박 투자하고, 무슨 일이 있어도 멈추지 않으며, 장애에도 흔들리지 않는 게 더 중요하다. 이런 식으로 노력하는 당신을 한 다리 건너서 아는 사람은 성실하다고 할 것이고, 좀 더 잘 알게 되는 사람은 독종이라고 할 것이다.

서른 살부터는 그렇게 온화해 보이는 독종으로서 꿈을 이루어 나가야 한다. 무언가를 이루기 위해서는 집중력이 필요하지만, 아무리 열정이 있는 사람이라도 오랫동안 늘 집중하고 있을 수만은 없다. 온전히 집중하지 못하는 순간에도 포기하지 않고 계속 가던 길을 갈 수 있는 뚝심이 있어야 한다. 서른 살에 필요한 것은 단 한 번 물을 끓일 수 있는 열기보다는 끓인 물을 식지 않게 하는 온기이다.

어느 분야건 꿈을 이루고 지키는 사람들의 공통점 중 하나가 바로 창의성이다. 창의성이 꼭 예술 분야 사람들에게만 필요한 것은 아니다. 낯선 곳에서 우는 아기들을 위해 백일과 돌 사진을 집으로 찾아가서 찍어주는 서비스를 처음 시작한 사진사, 족발을 삶을 때 커피를 넣어 냄새를 없애는 것을 처음으로 시도한 족발집 주인 등이 자신의 일에서 창의력을 발휘한 사람들이다.

보통은 그런 종류의 사람들이 처음부터 비범했거나 운이 좋았을 것이라고 생각하지만, 의외로 그들은 모든 면에서 평범한 사람들이다. 다만 그런 대상에 집중하는 사람들에게는 그 일을 더 잘 해낼 새로운 방법이 떠오르기 마련이며 그들은 그것을 실천했을 뿐이다. "영감은 생각의 축적에서 나온다"는 말이 여기에도 적용되는 것이다. 자신이 노력했다고 믿는 사람들 중에는 '수동적인 열심'을 노력으로 착각하는 이들도 많다. 단 한 번도 그 일에 대한 영감이 떠오른 적이 없다면, 그리고 그것을 실천할 만큼의 간절함이 없었다면 정말로 노력한 것이 아니다.

그러나 그런 노력이 다른 모든 것들을 버리고 희생해야만 의미 있는 것은 아니다. 나는 꿈을 위한 자신의 노력이 자신의 다른 삶들을 모두 파괴할까봐 두려워하는 이들에게 이렇게 말한다. 꿈에 '손실제한 주문Stop loss order'을 걸라고. 손실제한 주문이란 주식이 일정 금액 이상의 손해를 보면 자동으로 파는 주문이 나가는 것이다. 주가가 내려갈 때 원금을 회복하고픈 욕심에 휘둘리지 않도록 이 손실제한 주문을 미리 걸어두면 큰 손해는 보지 않을 것이다.

꿈을 위해 노력해야 하는 것은 당연하지만 '아닌 길'을 되돌아올 수 없을 만큼 멀리 가버리는 것만큼 서글픈 일도 없다. 그래서 꿈을 위해 노력하는 일이 자신의 인생을 파괴하지 않을 만한 지점에까지 선을 미리 그어두고, 그 선에 이르기 전까지는 아무 두려움과 망설임 없이 모든 것을 쏟아붓는 것이다. 나는 백 번 작품을 써서 데뷔가 되지 않으면 글 쓰는 일을 접자고 정해두었다. 그래서 '백 개만 채우고 그만두자' 하는 심정으로 습작을 했고 큰 갈등 없이 꿈에 집중할 수 있었다.

지금 이 자리에서 새로 시작하라

요즘은 꿈과 현실로서의 삶을 동시진행 하는 사람들이 많다. 회사를 다니면서 주말에 집필을 하거나 관심 분야 레슨을 받는 식이다. 꿈을 찾아 떠나는 일이라고 하면 무조건 사표를 내고 여행을 떠나는 것부터 떠올리는 이들이 많은데, 그 상상을 실천한 이들 중에는 단순한 도피를 꿈을 향한 첫걸음으로 착각한 이들이 상당수이다. 우선 자신이 있는 자리에서 새롭게 시작할 수 있는 사람이 진짜 꿈을 갖고 있는 사람이다. 꿈의 윤곽이 확실한 사람은 어떤 환경에서든 그것을 위해 노력하는 방법을 알고 있다.

꿈을 이룬다는 것은 어떤 형태로든 독해야만 할 수 있는 일이다. 꿈이 질식되지 않고 오래 살아남을 수 있도록 하는 게 최우선 과제이기 때문이다. 지금의 자리를 지키면서 현실에 한 쪽 발을 내딛고 꿈과 현실이 서로를 지탱할 수 있도록 구도를 만들어 놓는다면, 언젠가 꿈으로 가는 길에 전적으로 투신해야 할 때 구명조끼도 없이 바다에 뛰어드는 막막함을 피할 수 있다. 한 가지 일에서도 생존하기 힘든 세상에서 터무니없는 제안이라고 일축할 수도 있지만, 실제로 그렇게 해서 차근차근 꿈을 이루어가는 이들이 적지 않다.

몇 년 전 J는 은행 취업에 성공했다. 연봉이 높고 비교적 안정적이기 때문에 주변 사람들이 모두 부러워했지만, 막상 그 일을 하고 보니 이건 아니다 싶었다. 밖에서 보기에는 냉난방 잘되는 사무실에서 화사하게 웃으며 키보드나 두드리다가 오후 네 시가 되면 문 닫고 퇴근하는 것 같은 은행원이지만, 정말 고된 일은 문 닫고 나서부터 시작되었고 밤 늦게까지 근무하는 경우가 다반사였다. 무엇보다 힘든 것은 실적 압박이었다. 본사에서 사활을 건 새 상품이 나오면 수백 좌씩 할당이 내려왔고, 신용카드와 펀드도 팔아야 했다. 성격에 맞지 않는 영업 때문에 스트레스를 받다가 대상포진까지 앓게 된 J는 친구의 권유로 요가를 배우기 시작했다. 그런데 그 우연한 계기가 그녀의 미래를 바꿔 놓았다. 요가로 건강과 마음의 평화를 되찾은 J는 더 잘 배워 사람들을 가르치고 싶은 꿈을 가지게 되었다. 회사 일하는 틈틈이 강사 자격증을 딴 이후로는 주말반 파트타임 강사로 일하며 경력을 쌓아나갔다. 지금 그녀는 요가원을 차릴 자금을 모으고 있고, 몇 년 후에는 인도에 가서 정식으로 요가를 배우고 새로운 요가 프로그램을 만들어 개원할 계획까지 세우고 있다.

"힘들지 않냐고요? 힘들긴 힘들죠. 근데 전만큼 힘들지는 않아요. 주말이면 제가 좋아하는 일을 할 수 있고, 또 앞으로 제가 차릴 요가원의 모습을 상상하고 계획하다 보면 저절로 웃음이 나와요. 이게 말하자면 투잡인데 제가 평생 하고 싶은 일을 위해 하는 투자라고 생각해요. 사람들은 안정적인 은행원을 그만둘 준비를 하는 저를 보고 불안해하지만, 그 안에서 일하는 사람들도 항상 구조조정 때문에 불안해해요. 적성에 맞지 않고 남들 보기에만 그럴듯한 직장을 붙들고 전전긍긍하느니, 차라리 저를 위해 투자하는 게 더 안정적이라고 생각해요. 회사에 대한 죄책감도 없어요, 요가를 하면서 오히려 더 은행 일을 열심히 하는걸요."

아직도 꿈을 가지는 것이 현실적이지 못하다고 생각하는가?

오래 전 체코슬로바키아에서 태어난 한 여자가 부모를 따라 미국에 와서 살다가 한 남자를 만나 이른 나이에 결혼을 했다. 아이들을 키우며 전업 주부로 지내던 여자는 짬을 내 공부를 계속했고 오랜 노력 끝에 박사 학위를 땄다. 이후 그녀가 마흔다섯 살이 되어 중년의 평온함을 누리려고 할 때, 갑자기 남편이 젊은 여자와 사랑에 빠졌다며 이혼을 요구해왔다. 세 아이와 함께 허허벌판에 선 그녀는 본격적으로 공직에 뛰어들었고 십오년 후에는 미국 최초로 여성으로서 국무장관 자리에 올랐다. 매들린 올브라이트Madeleine Albright의 이야기이다.

그녀는 정치에 입문하고 싶다는 꿈을 꾸면서 세 아이를 키우는 정신없는 삶 속에서도 매일 새벽 4시 30분에 일어나 공부를 했다. 그 생활을 무려 십삼년이나 지속했다. 그녀가 박사 학위를 따기까지 고군분투하는 동안 그녀의 꿈을 이해한 사람은 없었지만, 나중에 그녀가 절망에 맞닥뜨렸을 때 정작 그녀를 구원해준 것은 모두가 비현실적이라고 말했던 꿈이었다.

아주 가끔이지만 일을 하다가 '내가 하는 일이 참 적성에 맞는구나' 하고 느낄 때의 쾌감은 아는 사람만 안다. 세상에 낭만적 밥벌이는 없다고 믿는 나도 그 느낌 하나 때문에 스스로를 특권층이라고 멋대로 생각하며 살고 있다. 꿈이 밥이 된다는 걸 믿고, 그렇게 만들라. 누구나가 그토록 원하는 경제적 안정의 기회도 그런 이들에게 더 자주 찾아온다.

11

서른 살의 의무, 세상을 명확하게 살기

단순함은 복잡함보다 어렵다.
생각을 명료하고 단순하게 만들려면 엄청난 노력을 해야 한다.
하지만 그건 노력할 만한 가치가 있는 일이다.
한 번 그런 경지에 다다르면 산도 움직일 수 있다.

스티브 잡스

애매함은 미성숙의 특징이다

초등학생인 딸아이가 지금보다 좀 더 어렸을 때, 친구들과 전화로 약속을 잡는 모습을 지켜보는 일은 대단한 인내심을 필요로 했다. 약속에 '언제 어디서 보자' 라는 내용이 들어 있기는 한데, 대화의 전후맥락을 따져보면 도무지 만날 생각이 있는 건지 의심될 때가 많았기 때문이었다. 예를 들어 '놀이터에서 보자'라고 하면 두 개 있는 아파트 놀이터 중 어느 곳인지 묻지도 않고, 지금 다른 아이가 있는 곳으로 가서 놀기로 합의를 한 다음에도 그 장소가 정확히 어디인지 확인하지 않고 전화를 끊는 식이었다. 옆에서 통화 내용을 듣고 아이에게 다시 물으면 정확하게 대답을 하지 못할 때가 부지기수였다. 그래서 다시 전화해 자세한 걸 물으라고 종용하면 그건 또 싫어했다. 그런 식으로 약속을 정하다가 어긋나 헛걸음을 하거나 그 친구와 다투는 일이 벌어지는 건 당연한 결과였다. 조금 더 지켜보니 아무리 영리한 아이들이라도 그런 행동을 보이는 것이었다. 아이들이 자랄수록 그런 특성들이 조금씩 줄어드는 것이 눈에 띄었다.

아이들은 무언가 의사소통을 할 때 빈 구석이 있더라도 자기 마음대로 짐작하거나 모르는 채로 내버려둔다. 놀이터 두 곳 중 어느 곳인지 다시 전화해서 확인하느니 자기가 짐작하는 곳으로 가보고 없으면 다른 곳으로 가면 된다는 식이다. 아이들이 그러는 이유는 특유의 자기중심성과 함께, 무언가를 구체화하는 과정에서 필요한 사고력이 부족하기 때문이다. 또 애매한 상황을 내버려두었을 때 어떻게 골탕을 먹는지에 대한 경험이 별로 없으니 상황을 명확하게 정리할 능력도 동기도 없는 셈이다.

그런 애매함은 성격이 아닌 태도의 문제이며 미숙함의 특징이기도 하기 때문에 어른이 되면서 점점 나아진다. 그런데 종종 어른이 되어서까지도 그런 태도에서 벗어나지 못하는 사람들이 있다.

일을 통해 알게 된 몇몇 사람들과 만날 약속을 하고 내가 연락책이 된 적이 있다. 많은 사람들과 일일이 전화통화를 할 수 없어서 '모월 모일 저녁에 시간이 어떠한가, 예약을 해야 하니 이걸 보는 대로 연락을 꼭 달라'는 문자 메시지를 보냈다. 한 사람이라도 빠지면 안 되었기에 모든 사람의 의견이 필요했는데 두 사람이 끝까지 답을 보내지 않았다. 메시지를 보지 못했나 싶어 전화를 걸었더니 두 사람의 대답이 각각 이랬다.

"전 그 시간이 괜찮으니 다른 사람의 의견에 따르겠다는 뜻으로 답을 하지 않은 건데요."

"전 어차피 못갈 것 같아서 답을 안했는데요."

도대체 내가 무슨 용빼는 재주로 같은 행동 다른 뜻을 일일이 이해할 수 있단 말인가. 그 두 사람은 이후에도 비슷한 태도를 보였고, 끝까지 그랬다.

세상에는 자신의 애매한 행동이 그 자체로도 충분한 의사 표시가 된다고 믿거나, 설혹 상대방이 정확히 알지 못해도 상관없다는 식의 태도가 몸에 배어 있는 사람들이 많다. 일터에서 그런 식이다가는 일을 크게 그르칠 수 있기 때문에 사회 경험을 몇 년 한 서른 즈음에는 이런 태도가 많이 나아지지만, 아무리 나이를 먹어도 여전히 어린 아이 같은 애매함으로 일관하는 사람들이 적지 않다. 그런 이들은 오랜만에 가족들과 외식을 나갈 때 그 식당이 줄을 서야 할 만큼 붐비지는 않는지, 주차 공간은 있는지 미리 확인하는 것을 귀찮아한다. 용건이 분명한 이메일에 답을 하지 않는다. 회사를 그만둘 때 예고도 없이 출근을 하지 않는다. 아무리 큰일이 벌어져도 걱정만 할 뿐 상황이 어떤지 정확히 알려고 하지 않는다. 어려움에 처했을 때 정보를 줄 만한 사람을 소개해주어도 뚜렷한 이유 없이 그를 만나려고 하지 않는다. 문제의 해결책을 추천해주었을 때 '이렇게 하라'는 한정적인 지침에만 잠깐 반응하고, 더 알아봐서 소신껏 결정하라는 말에는 결코 움직이지 않는다.

안개에 싸인 듯 희미하기만 한 그들에 대해 한 가지 분명하게 알 수 있는 것은 그들은 어떤 관점에서든 성공적이라고 할 만한 삶을 살 가능성이 낮다는 것이다.

남과의 소통에서 명확한 태도를 보여주지 않는 사람들은 자기 삶을 대할 때에도 똑같은 모습을 보인다. 실은 그게 더 심각한 문제이다. 자신을 둘러싼 모든 문제들을 명확히 알고, 명확히 표현한다는 것은 상황을 자신의 통제 하에 둔다는 뜻이기 때문이다. 다시 말해, 매사를 애매함으로 일관하는 것은 자기 삶에 대한 통제권을 포기한다는 뜻이다. 항해사가 없는 배가 순전히 바람과 해류의 힘으로 목적지에 제대로 도착하는 것을 상상할 수 있는가? 자기 삶을 스스로 통제하지 못하는 사람은 그 어떤 좋은 곳에도 도달할 수 없고, 만족감을 느낄 수 없다. 심리학자들이 말하는 행복의 첫째 조건도 '자기 삶을 어느 정도 통제하고 있다고 느끼는 것'이다.

주변에서 일어나는 일들을 확정 짓고 자기 통제 하에 두는 것은 에너지가 드는 일이다. 그것에 에너지를 쓰기 싫어하는 사람들은 자기 인생인데도 적극적으로 개입하지 않고 방관자가 된다. 그러다 보니 책임을 지지 않고 남의 탓, 상황 탓으로 돌리는 일에 익숙하다. 완벽한 어른으로서 앞으로의 삶을 더 가치 있게 살고 싶은 서른이라면 아직 남아 있을지도 모르는 애매함의 때를 벗겨내야 한다. 간혹 처세법으로서의 '의도된 애매함'이 필요한 상황을 맞딱드리더라도 의지만큼은 명확하게 해야 한다. "흘러가는 대로 자연스럽게 내맡기고 싶다"는 것은 자신의 능력 안에서 최선을 다한 사람의 입에서 나올 말이지, 귀찮아서 자신의 삶을 뚜렷이 규정한 적이 없는 사람이 할 수 있는 말은 아니다.

일상생활에서 모호함을 방치하지 말라

S는 타고나길 내향적이고 소극적이었다. 대학 시절 같이 밥을 먹는 친구들을 학교에서 만나지 못하면 학생식당에서 혼자 밥을 먹느니 차라리 굶고 마는 성격이었다. 그러던 그녀가 휴학 중 아르바이트를 하던 외국계 회사에서 한 선배를 만나면서 조금씩 달라지기 시작했다.

선배는 그 회사의 정규직 직원이었고 이년 전 수시채용에 몰린 육십여 명의 지원자들 중 뽑힌 단 한 명의 합격자였다. 처음에 S는 요즘 흔한 유학생들처럼 영어가 완벽하지도 않고 명문대를 나온 것도 아닌 선배가 바늘구멍을 뚫을 수 있었던 이유를 이해할 수 없었다. 더구나 선배는 S가 첫눈에 동질감을 느꼈을 정도로 내향적인 사람으로 보였다. 하지만 그 선배의 사무보조로 몇 달 지켜보면서 그녀가 면접관이어도 선배를 뽑을 수밖에 없었을 것이라는 생각이 들기 시작했다.

선배는 얌전해 보이는 모습과는 다르게 평소 일을 하다가 조금이라도 의문점이 생기면 담당자에게 즉시 전화를 걸어 정중하게 확인을 했다. 그리고 일에 도움이 될 수도 있겠다 싶으면 미리 전화를 돌려 가능성을 타진하고는 바로 행동으로 옮겼다.

일례로 외국에서 바이어가 오기로 되어 있어 회의를 하면, 어떻게 알았는지 그가 채식주의자라는 것을 고려해 유기농 채소가 많은 뷔페식당까지 예약해두었다. 그러다 윗사람들이 반대하면 어쩌려고 덥석 예약부터 했냐고 S가 묻자 이렇게 말했다.

"예약이야 취소하면 그만이잖아. 하지만 늦게 예약해서 다른 사람들이 대형 룸을 예약한다면 그때야말로 일이 커지지."

듣고 나면 별거 아닌 일이지만 막상 일이 닥치면 그녀처럼 아이디어가 실현될 조건을 명확히 확인하고 판단과 행동까지를 자연스럽게 연결하는 사람이 많지 않다.

그래서인지 그 선배 옆에 있으면 마치 사이렌 울리는 구급차를 얻어 타고 달리는 것처럼 길이 열리는 기분이었다. 그녀가 시키는 대로만 하면 사람들이 당연히 지킬 줄 알았던 약속을 지키지 않아

곤란에 빠지는 일을 겪지 않았다. 교통체증 때문에 외근 다니면서 발을 동동 구를 일도 없었다. 일뿐만이 아니었다. 그녀와 함께 가는 식당은 언제나 맛이 있었고 자리가 없거나 예상보다 오래 기다려 짜증난 적도 없었다.

그렇게 모든 것에 대비하고 살면 굉장히 피곤할 것 같지만 곁에서 지켜보니 전혀 그렇지 않았다. 그녀는 움직이기 전에 상대방에게 내용을 다시 말해 확인하거나 거의 반사적이라고 해도 좋을 정도로 전화와 검색을 하는 습관이 있었고 그것을 바탕으로 한 판단이 빨랐던 것뿐이었다. 어떤 상황이 다가오기 전에 미리 그림을 그려 놓기 때문인지 오히려 여유 있어 보였다.

S가 아르바이트를 그만두기 직전, 그 선배는 예상한 것보다 훨씬 빨리 대리로 승진했다. 그 무렵에는 집이 가난하고 내향적이라는 이유로 주눅 들고 뭐든 흐지부지하던 S도 많이 달라져 있었다. 한 발 앞서 상황을 주도하는 습관을 조금씩 몸에 익힌 것이다.

최근 S는 부모님이 전에 들었던 생명보험이 불완전판매된 것이라는 것을 알아내고는 인터넷으로 정보를 수집하고 보험사에 전화를 하는 등 발 벗고 나서서 보험 정리는 물론, 그동안 낸 보험료까지 돌려받았다. 전 같으면 '보험이 좀 의심스럽긴 한데……' 하고 잠깐 생각만 하다가 이내 잊어버리고 방치해두었을 그녀였다. S는 부모님이 대견하게 바라보는 시선에서 말할 수 없는 쾌감을 느꼈다.

일상생활에서 모호함을 방치하는 사람은 상황이 자기 힘으로 통제되는 경험을 해보지 않았기에 그 패턴에서 벗어나지 못하는 것이다. S처럼 자신이 무언가를 주도적으로 해서 해결책을 찾아내고 상황을 통제하는 경험을 몇 번 하게 되면, 세상 일에 자신감이 붙는다.

물론 모든 인생사가 우리의 의지대로 통제되는 것은 절대 아니다. 오히려 뜻한 대로 되지 않는 경우가 훨씬 더 많으며, 그것은 살면 살수록 더 절감할 수 있다. 하지만 삶이 막막할수록 가야 할 길을 만들어두어야 이탈하더라도 제대로 된 목적지로 갈 수 있다. 계획대로 길을 갈 수 없으면 행로를 수정하면 되지만, 아예 갈 길을 정해놓지 않으면 떠남과 동시에 미아가 되고 만다.

눈앞에 모호한 것들과 맞닥뜨리는 게 귀찮아서, 더 깊게는 두려워서 내버려두는 습관이 있다면 이제는 고쳐야 하고, 충분히 고칠 수 있다. 그것은 기질이 아닌 습관의 문제이기 때문이다. 정말 내버려두어야 하는 것과 매달려야 할 것들을 구분할 수 있는 건, 언제고 벌떡 일어나 장막을 걷어낼 수 있는 사람뿐이라는 것을 잊지 말자.

현명한 여자는 나이 들수록 단순해진다

직장인 사년차로 올해 서른하나가 된 지인은 언젠가부터 미괄식으로 말하는 사람을 상대하는 것을 짜증스러워하는 자신을 발견하고 놀랐다고 한다.

"어제는 친구가 어두운 목소리로 전화를 했어요. 웬일이냐고 하니까 전날 남자 친구와 백화점에서 쇼핑한 얘기를 하는 거예요. 거기서부터 시작해서 줄줄이 이야기들이 나오는데 결국은 백화점에서 마주친 어떤 여자와 남자 친구의 관계가 수상하다는 이야기를 하려고 했던 거였어요. 사안이 심각하긴 한데 앞 얘기를 듣다 너무 지친 나머지 성의껏 응대할 마음이 생기지 않더라고요. 사람들이 핵심을 정확히 말하지 않고 빙빙 돌려 말하면 속으로 답답해 죽을 지경이에요. 전에는 이렇지 않았는데……. 이거 직장인병 맞죠?"

그녀의 걱정대로 직장생활을 하다 보면 정보를 효율적으로 주고받는 화법에 익숙해지기 마련이다. 그런 면에서 미괄식 화법은 최악이다. 사람은 타인의 말을 들을 때, 말을 할 때보다 몇 배나 많은 두뇌 활동을 하게 되는데 말하는 사람이 핵심적인 정보를 뒤에 배치하면 앞 이야기를 들으면서 뒤에 따라올 내용을 예측하느라 불필요한 에너지를 소모하게 된다. 화법에 능하지 않으면서 남이 자기 이야기를 들어주기를 바라는 욕심이 있는 사람들이 이런 식으로 말하는 습관이 있다. 반면, 두괄식으로 핵심 정보를 앞에 배치하면 뒤에 따라오는 내용을 그에 수렴해서 들을 수 있어 훨씬 편하다. 그래서 직장 내 프레젠테이션이 대부분 두괄식이나 양괄식으로 이루어지는 것이다. 미괄식 화법은 이야기 자체의 긴장감을 즐기는 상황에서나 적당하다.

남의 말을 들을 때 더 이상 장황함을 견디지 못하게 되고, 자신도 단순명료하게 말하게 된 것은 단순히 효율성의 노예가 되어서만은 아니다. 이제껏 몸으로 경험한 세상이 그처럼 복잡한 말로 표현될 만한 것이 아니라는 것을 알 만한 나이가 되어서 그런 것이다. 언어생활처럼 사고 과정도 단순해졌다면 그만큼 당신은 현명해진 것이다.

어렸을 때는 뭔가 가늠할 수 없는 복잡한 사람이 깊이 있고 근사해 보였다. 단순한 사람은 가볍고 매력 없었다. 하지만 요즘 들어 남자 고르는 법에 대한 독자들의 수많은 질문에 나는 여자를 대할 때의 태도가 복잡해 보이는 남자만큼은 피하라고 대답한다. 나이가 들만큼 들었는데도 복잡해 보이는 남자는 뭔가 잘못된 것이다. 그런 사람은 셋 중 하나이다. 철이 덜 들었거나 거짓말쟁이거나 혹은 바람둥이거나.

진짜 어른이 되어 사는 게 복잡해질수록 사람들은 일종의 생존 방식으로 자신만의 사고 정리 체계를 만들어낸다. 어떤 사람은 그것을 편견이라고도 한다. 편견은 무조건 나쁜 것이라고 생각하기 쉽지만 편견만큼 인생을 효율적으로 살게 해주는 것도 없다. "팥빵은 맛이 없다"는 식의 편견을 갖고 있지 않다면 빵 하나 고르는 데 삼십분이 걸릴지도 모를 일이고, 인생에 대해 "지루한 삶은 가치 없다"라는 편견을 가지게 되면 직업을 선택하는 데 훨씬 유리해질 수 있다. 경지에 오른 편견을 우리는 '철학'이라고 부른다. 나쁜 것은 편견 자체가 아니라 편견에 집착하는 것이다. 그래서 아리스토텔레스도 "어떤 생각에 동의하지 않더라도 그 생각을 해볼 수 있는 사람이 현명한 사람"이라고 한 것이다. 프랑스 사람들이 말하는 똘레랑스도 편견을 가지지 않는 것이라기보다는 남의 편견을 존중해주는 것에 더 가깝다.

이 편견은 경험과 그에 대한 생각이 쌓일수록 더 늘어나고 체계화된다. 살면서 수없이 해야 하는 선택의 순간에 매뉴얼을 적용해

보다 효율적이고 빠른 판단을 할 수 있는 것이다. 그래서 자신만의 편견 매뉴얼을 갖고 있는 사람은 말과 행동이 단순해지고 명료해질 수밖에 없으며, 이는 성숙한 사람의 특징과도 연결된다. 여기서 한 가지 더 알아둘 것은 누군가의 편견 매뉴얼이 깊은 생각에 의해 만들어진 것이 아닐 때 우리는 그 사람의 등 뒤에서 '멍청이'라고 부르며, 업데이트 되지 않고 오래 정체돼 있을 때는 '고집만 센 늙은이'라고 부른다는 사실이다.

서른이 된 당신은 점점 더 단순해져야 한다. 사고와 행동이 단순해지면 덜 힘들면서 더 생산적이 될 수 있고, 마음이 편안해진다. 어떤 상황에서든 힘들이지 않고 적절한 판단을 할 수 있으며, 무엇보다 그 판단을 한 스스로를 지지해줄 수 있기 때문이다. 나를 완벽한 내 편으로 만든다는 것은 굉장히 든든한 일이다.

단순해지기 위해서는 많은 경험을 자처하고 그 경험을 통해 무언가 배우겠다는 마음이 있어야 한다. 그리고 그 마음을 행동으로 옮기는 것을 멈추지 말아야 한다. 그런 의미에서 생산적인 편견을 갖는다는 것은 온화한 독종이 된다는 의미이기도 하다.

잡동사니를 버리듯 인간관계도 과감하게 정리하라

오래 전 나는 신혼을 벗어나기도 전에 생활이 어려워지면서 처음 살던 새 아파트의 반도 되지 않는 좁고 초라한 집으로 이사하게 된 적이 있다. 살면서 그때만큼 생각이 복잡했던 적도 없다. 점점 멀어지는 내 꿈과, 그런 상황을 초래한 주변 사람들에 대한 내 감정과 입장, 생활고, 비만 오면 물이 새는 침실벽 등이 나를 점점 복잡한 사람으로 만들었다. 그때의 나는 아무것도 결정할 수 없으면서 고민만 했고, 다중인격 장애를 갖고 있는 사람처럼 일관되지 않게 말하고 행동했다.

나와 나를 둘러싼 모든 것들에 화를 내고 있던 어느 날, 넓은 집에 맞춰 장만했으나 이제 좁은 집에 층층이 틀어박힌 살림살이들에 눈길이 갔다. 혼수로 장만한 새것들이라 놓을 곳이 없다는 것을 뻔히 알면서도 싸짊어지고 온 세간들이 좁은 집을 더 좁게 만들고 있었다. 나는 엉뚱하게도 저것들을 없애버려 못난 나 자신에게 복수를 해야겠다는 생각을 했다. 나는 당시 막 인기를 끌기 시작한 경매 사이트에 물건들을 내놓고 정리를 해나가기 시작했다. 좀 아깝다 싶어도 '그게 없어도 죽지는 않겠다' 싶으면 눈을 질끈 감고 팔거나 버렸다. 그때 매정하게 물건을 정리하는 나를 보고 주변 사람들은 독하다며 혀를 찼다.

동기는 다소 어처구니없는 것이었으나 결과는 의외였다. 정리가 될수록 집도 넓어지고 얼마 되지 않지만 돈도 생겼다. 덕지덕지 붙어 있던 내 미련까지 물건들이 가져갔는지 마음도 한결 정리되는 것 같았다. 그제야 단순하고 선명하게 내가 처한 현실이 눈에 들어오고, 내가 해야 할 일도 보이기 시작했다. 힘들지만 새로운 출발을 결심한 것도 그때였다.

지금도 나는 머리가 복잡해지고 스트레스를 받으면 집에서 필요 없는 물건들을 솎아내는 작업에 들어간다. 물건을 보면서 '버릴

까 말까?' 하고 갈등하는 물건은 무조건 버리거나 기증한다. 신기한 건 나중에 그 물건이 다시 필요할 일이 생겨 후회한 적이 단 한 번도 없다는 것이다. 덕분에 옷장에는 최근 일년간 입어본 적이 있는 옷만 남아 있고, 집안 창고에도 추억으로서 가치가 있는 물건들을 제외하고는 지난 사계절을 거치는 동안 사용한 적이 있는 물건들만 들어 있다.

주변을 정리하는 것은 단지 시각적인 단순함으로 생각을 환기시키기 위해서만이 아니다. 물건을 곁에 둘지 말지 결정하는 과정은 자기 가치관을 들여다보고 실행에 옮기는 연습이 되기도 한다. 일단 손에 들어왔던 물건을 떠나보내는 것은 결단력이 필요한 일이기 때문이다.

인간관계도 넓게 보면 물건을 정리하는 것과 같은 결단력을 통해 단순하게 만들어야 한다. 나이를 먹다 보면 어느 순간 비즈니스 관계도 아니면서 진심을 공유하는 것도 아닌 사람이 주변에 있는 것을 발견하게 될 때가 있다. 문제는 그들이 단순히 존재하기만 하는 게 아니라 부정적인 쪽으로 내 삶을 휘저어 놓으면서 삶을 복잡하게 만들 때가 종종 있다는 것이다. 그럴 때 "사람은 많이 알수록 좋은 거 아니겠어? 저 사람이 언제 어느 때 도움이 될지 어떻게 알아?"라고 생각해서 계속 내버려둔다면 삶은 결코 단순해지지 않는다. 곁에 있는 의도가 순수하지 않은 그들이 생색내기가 아닌 진짜 도움을 줄 리가 없을 뿐더러, 혹 그들에게 도움을 받는다고 하더라도 그들을 감내하며 받는 인생의 손실을 보전할 만큼 가치 있을 수는없다. 그런 이들이 주변에 있다면 더 이상 당신의 인생에 끼어들지 못하도록 선 밖으로 정중하게 밀어낼 수 있어야 한다.

자신의 삶이 단순해졌는지 확인하는 가장 쉬운 방법은 '우선순위가 분명한가'라는 물음에 쉽게 대답할 수 있는지를 보는 것이다. 단순한 삶은 곧 우선순위가 분명한 삶이기도 하다. 삶의 조건이 복잡해지면 복잡해질수록 우리가 원하는 가치에 이르는 과정은 단순해져야 한다. 여기서 여러 편견을 모두 존중해야 함에도 감히 절대적이라 말할 수 있는 명제는 모든 삶의 요소 중 최우선 순위에 놓여야 할 것은 언제나 자기 자신이어야 한다는 것이다.

다시 한 번만 묻겠다.

"지금 서른 즈음의 당신은 자신을 소중히 여기는 방향으로 모든 선택을 하고 있는가?"

여기에 자신 있게 대답할 수 없다면 주변에 있는 유무형의 잡동사니들을 버려야 할 필요가 있다. 그 과정에서 좀 독해지면 어떤가. 단호함으로 얻게 되는 삶의 단순함은 그 무엇보다 가치 있다.

12

스스로 결정하지 않는 자는 아무것도 누릴 수 없다

자유는 책임을 뜻한다. 그래서 대부분의 사람들은
자유를 두려워한다.

버나드 쇼

결정하지 못하는 병에 걸린 사람들

다음은 드라마의 한 장면이다.

고등학교에 다니는 딸이 주말에 시험공부를 할 것인지, 친구들과 놀러갈 것인지 고민하고 있다. 딸은 용기를 내 배짱 좋게 놀러 나가는 쪽을 택했다. 그런데 오랜만의 신나는 외유를 앞둔 딸의 표정은 어둡기만 하다. 보다 못한 아버지가 딸에게 물었다.

"얘야, 네 기분이 나아지기 위해서 내가 도와줄 일은 없니?"

그러자 딸은 의외의 부탁을 했다.

"저한테 놀러가지 말고 시험공부 하라고 말해주세요."

아버지가 그렇게 하자, 딸은 그제야 얼굴이 환하게 밝아져서는 즉시 친구에게 전화를 걸었다.

"어쩌니? 아빠가 시험공부 해야 한다고 밖에 나가지 못하게 해! 정말 황당해!"

무언가를 결정하는 것은 그만큼 힘들고 어려운 일이다. 무언가를 결정한다는 것은 뇌의 뉴런의 상태에 민감하게 영향을 받으며 엄청난 에너지를 사용하는 뇌 활동이다. 우울증에 걸리거나 배가 고픈 사람들의 의사결정 능력이 현저하게 떨어지는 것도 그래서이다.

극도로 지쳐 있던 올봄의 어느 휴일 생일을 맞은 내게 남편이 생일선물로 뭘 원하느냐고 물었을 때, 난 "아무것도 필요 없어. 오늘 하루만이라도 내가 아무 결정도 하지 않도록 해줘"라고 주문했다. 그날 나는 아이가 무엇을 하며 시간을 보내도록 할지, 끼니를 무슨 음식으로 때울지, 남편이 나갈 때 무슨 옷을 입혀야 할지 그 어떤 결정에도 관여하지 않고 남편이 하는 대로 따랐다. 단 하루만이라도 선택과 그에 따르는 책임을 위탁하고 게으른 노예가 되고 싶었고 그건 짧지만 효과적인 휴식이 되었다.

이렇게 피곤한 일인 만큼, 당연히 인간은 에너지가 많이 소모되는 의사 결정을 최대한 적게 하는 방향으로 진화해 왔다. 그러나 우리 인체 시스템이 언제 우리에게 유리한 방향으로만 작동하던가. 결정하기를 귀찮아하는 본능에 지나치게 충실하다 보면 비만이나 나태처럼 삶의 질을 떨어뜨리는 결과가 따라오며, 강물로 뛰어드는 쥐떼에서 유래한 '레밍 신드롬'이라는 말처럼 무비판적으로 남이 하는 대로 따라하다가 얼토당토않은 선택을 한 덕분에 큰 피해를 볼 수도 있다.

이처럼 의사결정은 고도의 뇌 활동이기 때문에 어린 아이일수록 무언가 결정하는 것을 힘들어 한다. 하지만 우리 주변에는 어른이 되어서도 결정을 남에게 미루는 게 습관으로 굳어진 사람들이 많다. 옷 한 벌을 사기 위한 쇼핑에도 혼자 나서지 못하고, 친한 친구와의 외식에서조차 스스로 식당을 고르는 법이 없으며, 남자 친구와 헤어질까 말까 결정하지 못하다가 극단에까지 몰려서야 마지못해 선택을 하고 만다. 심지어 자신의 진로마저도 남의 손에 맡겨 버리는 모습도 자주 보게 된다.

스스로 결정하지 못하는 것은 자신감이 부족해서이다. 자신감이 있어야만 결정을 잘 할 수 있고, 스스로 결정하고 그 결과를 감당해본 경험이 쌓여야만 자신감을 얻을 수도 있다. 자신감과 자기결

정력이 없는 삶은 만족도가 현저히 떨어진다.

많은 한국의 부모들은 자식들이 미숙해서 실패하는 모습을 두고 보지 못하며 대신 결정을 해준다. 덕분에 극성스런 부모 아래에서 말 잘 들으며 자란 이들이 최대한 실패를 적게 하며 성공일로를 달려가지만, 서른 즈음이 되면 그런 이들에게 딜레마가 찾아온다. 어른들과 사회가 요구하는 대로 했는데도 삶이 행복하지 않은 것이다. 그런 이들이 다시 한 번 스스로에게 묻고 점검해야 하는 게, 바로 '나는 나 자신을 스스로 결정하고 있는가?'이다.

나는 스스로 결정하고 있는가

몇 년 전 어느 독자가 고민 상담을 해왔다. 유학에 대해서 고민을 하고 있는데, 유학을 가는 것이 나을지 아니면 한국에서 계속 공부를 하는 것이 좋을지 의견을 듣고 싶다는 것이었다. 수년간 많은 고민을 들어주면서, 나는 그들이 상담을 요청하는 진짜 이유가 무엇인지를 알게 되었다. 해당 분야에 대한 전문지식이 없는 내가 해줄 수 있는 대답에 한계가 있다는 것을 본인도 모르지 않는다. 그들은 그 한 번의 선택으로 인생이 갈릴 수도 있을 결정의 무게를 누군가와 나누고 싶을 뿐이었다.

나는 유학에 대해 조언해 달라는 그녀의 질문에 우선 내가 대답해줄 수 있는 선에서의 장단점을 말해 주었다. 그리고 뒤에 이런 말을 덧붙였다.

"그런데 이런 말이 지금은 곧이들리지 않겠지만, 둘 중 어느 쪽을 선택하더라도 결과는 다르지 않을 거예요. 어느 길이든 반드시 자신이 선택을 하고, 그 선택에 책임을 진 뒤 멀리 가고 나서 돌아보면 같은 도착지점에 있는 경우가 많아요. 바로 가느냐 좀 돌아가느냐의 차이는 있겠지요."

상담을 요청한 그녀는 약간 실망한 눈치였다. 괜히 책임지기 싫으니까 명확한 답변을 요리조리 피하는 것으로 보였던 모양이다. 하지만 그게 사실이니 난들 어쩌겠는가.

그로부터 일년 후, 상담을 했던 그녀로부터 연락이 왔다. 뒤늦게 유학을 떠난다는 것이었다.

"작가님 말이 맞더라고요. 그때는 부모님이 한국에서 공부를 하는 게 낫다고 강력하게 말씀하셔서 그런가보다 했는데 이제 제 마음을 알겠어요. 이번엔 정말로 제가 결정한 거니까 잘할 자신이 있어요."

결정을 스스로 하는 게 중요한 이유는 선택의 내용보다 그에 대한 태도가 더 중요하기 때문이다. 우리는 어차피 완벽하게 현명한 선택을 할 수 있는 존재가 아니다.

민주주의를 발명한 사람이며 후대 역사가들 사이에서 역사상 가장 현명한 인간으로 꼽히는 페리클레스Pericles는 "내가 두려워하는 것은 적들의 전략이 아니라 내 실수다"라는 말을 남겼을 정도로 신중한 사람이었지만 불필요한 전쟁을 일으키는 잘못된 선택을 했고, 2차 세계대전을 승리로 이끈 리더십의 상징 처칠Churchill도 턱없는 조건에서 공격 명령을 내려 해군에 큰 타격을 입히기도 했다. 하물며 평범한 우리가 하는 결정이라는 것이 그 자체로 얼마나 현명한 것일 수 있겠는가. 우리가 하는 결정은 완벽할 필요는 없다. 설사 결과가 원하지 않았던 쪽으로 나왔다고 해도 그 결과에 책임을 지는 한 그것은 성공의 한 과정일 뿐 진짜 실패가 아니기 때문이다. 숱하게 반복된 경험을 통해 서른 즈음에는 그것을 이론이 아닌 몸으로 알고 있어야 한다. 서른의 여자들이 독종으로서의 삶을 질기게 운용할 수 있는 원동력이 바로 거기에서 나온다.

어느 분야든 높은 직위에 있는 사람들은 직접 일을 하지 않는다. 일은 아랫사람들이 다 한다. 그런데도 그런 사람들은 말단 직원의 수십 수백 배나 되는 연봉을 받는다. 결정을 하고 책임을 지는 대가인 것이다. 결국 가장 중요하고 가치 있는 일이 그 두 가지, 결정과 책임이라는 말이다.

서른은 이제 자신이 책임져야 할 대상이 가시적으로 보이기 시작하는 때이다. 아직 책임져야 할 영역이 크지 않지만, 책임의 무거움이 사장보다 덜한 것은 아니다. 그래서 누구나 자신의 영역 안에서 모든 결정과 책임을 짊어지는 사장이 되어야 한다고 나는 말하고 싶다. 그렇지 않고 내 인생에서 결정하고 책임지는 일을 하지 않는다면 자기 인생 안에서조차 말단직원으로 전락하고 말 것이다.

좋은 결정이란 그 순간에 운명처럼 선택하는 것이 아니라, 결정을 한 이후에 만들어지는 것이다. 그렇기 때문에 책임을 지지 않으려는 사람은 끝내 좋은 선택을 할 수가 없다. 스스로 결정하지 못하고 선택을 남에게 떠넘기는 사람은 책임지기를 싫어하는 사람이다. 머리 아프게 생각하지 않아도 되고, 결과가 좋지 않더라도 남 핑계 대고 빠져나올 수 있어 당장 편할지는 모르겠지만, 이런 사람들은 평생 철들지 않는다. 그저 운이 없다고만 생각할 뿐, 자신의 삶이 왜 끝까지 행복하고 가치 있는 것이 되지 못하는지 그들은 알지 못한다.

자신감 있는 사람은 자신의 선택에 책임을 진다

옛날 독일 어느 시골 마을에 젊은 농부가 살고 있었다. 농사가 잘 되지 않아서 죽을 표정을 짓고 있는 그를 지나가던 늙은 마녀가 보더니 나무 한 그루를 가리키며 그것을 넘어뜨리라고 했다. 시키는 대로 하자, 그 나무에 마법으로 봉인돼 있던 독수리가 풀려났고 독수리는 답례로 농부에게 반지를 하나 주었다. 그 반지는 그 어떤 것이든 단 한 가지의 소원을 이루어주는 마법의 반지였다.

농부가 마법의 반지를 손에 넣었다는 사실을 알게 된 그 마을 금세공사는 감쪽같은 가짜를 만들어 진짜 반지와 바꿔치기했다. 아무것도 모르는 농부가 가짜 반지를 끼고 싱글벙글 집으로 돌아가고 나자, 금세공사는 서둘러 가게 문을 닫고 방문을 잠근 다음 반지에 대고 소원을 빌었다.

"제게 돈 비를 내려 주세요."

그러자 공중에서 금화가 떨어지기 시작했다. 금세공사는 처음에는 기쁨에 겨워 환호성을 질렀지만 이내 떨어지는 금화에 맞아 상처가 나자 질겁했다. "이제 그만"이라고 외쳤지만 소용없었고, 결국 그는 돈 비에 맞아 죽었다.

한편, 젊은 농부는 집에 돌아가 아내에게 마법의 반지를 보여주며 기쁜 소식을 전했다.

"밭을 더 달라고 해보죠."

아내의 말에 농부는 잠시 생각해보더니 이렇게 대답했다.

"그 정도는 조금만 노력하면 내 힘으로 할 수 있을 것 같은데, 아까운 소원을 그런 일에 쓸 수는 없지. 일단 열심히 일해서 밭을 산 다음에 생각해보자."

일년 후, 부부는 열심히 일해서 원하는 밭을 샀다.

"여보, 그럼 이제 소를 한 마리 달라고 해봐요."

"뭐? 당신은 그런 하찮은 일에 소원을 쓰자는 거야? 소는 조금만 일하면 살 수 있잖아. 앞으로 우리 가족한테 무슨 일이 생길지 모르니까, 우리가 할 수 있는 건 최대한 우리 힘으로 하고 정말 소원이 필요한 때를 기다리자고."

부부는 열심히 일했고 머지않아 소도 살 수 있었다. 그런 식으로 해서 조금씩 원하는 일들을 이루어 갔고, 부유하고 화목한 가정을 이루게 되었다. 그 과정에서 반지는 차츰 잊혀졌고, 결국 그들은 죽을 때까지 반지에 소원을 빌지 않았다. 아무것도 모르는 자식들은 부부가 평생 간직하던 반지를 관과 함께 묻어주었다.

폴크만 레안더의 동화집에 실려 있는 이야기이다. 우리가 인생에서 하는 선택은 마법의 반지를 갖느냐, 가짜 반지를 갖느냐 하는 문제이다. 당장은 그 선택이 평생을 좌우할 것 같지만 사람의 인생의 꼴을 결정짓는 것은 결국 그 사람이다. 자격 있는 사람이 마법의 반지를 가진다면 그보다 더 좋은 일은 없겠지만, 가짜 반지를 가졌다고 해도 근사한 삶을 살 기회는 얼마든지 주어진다는 것이다.

예전의 나라면 이런 이야기에 "돈 비에 맞아 죽어도 좋으니 그 반지 하나 가져봤으면 좋겠다"고 말했을 것이고 그게 순정한 진심이었을 것이다. 하지만 살면서 돈 비에 맞아죽는 사람들을 수차례 목격하다 보니 삶에서 훨씬 더 중요한 게 농부의 태도라는 것을 이제는 알겠다. 소원에는 책임이 따른다는 것을 알고 자격을 갖추려고 독하게 애쓰는 사람에게는 마법의 반지를 가진 것 같은 대가가 따라온다는 것은 결코 동화만의 결론이 아니다.

그동안 정신없이 살아온 시간들이 남이 강요한 의무에 마지못해 따른 것이었는지, 나 자신의 선택에 의한 책임이었는지, 이제는 되돌아보아야 한다.

13

품위 있게 극성맞은 여자로 살기

나는 마음이 늘 한 궤도에 머물러 움직이지 않는 사람을 좋아하지 않는다.
개선 없이는 창조도 없다.
그런 사람들에게 인생은 아무런 의미도 부여하지 않는다.
나 역시 그들의 이름으로 신에게 바칠 것이 전혀 없다.

생 텍쥐베리 『나를 찾아 떠나는 여행』 중

인테리어를 잘 해놓은 근사한 이탈리아 식당에 들어간 적이 있다. 점심시간을 약간 넘겨서인지 자리가 꽉 차 있지는 않았지만 괜찮은 자리는 사람들이 모두 차지하고 있었다. 그때 내 눈에 들어온 곳이 햇살이 부담스럽게 들어오는 창가 자리였다. 나는 망설이지 않고 일행들을 데리고 가 그 자리에 앉았고, 창가의 롤스크린을 내려 햇빛을 가렸다. 그러자 아늑하고 자리도 넓은, 그 식당에서 제일 좋은 자리가 되었다. 이런 작은 행동만으로도 좋은 자리를 차지할 수 있는데, 사람들은 그 자리를 내버려두고 입구 바로 앞의 추운 자리나 테이블이 더 작아서 불편한 자리를 찾아 앉은 것이 이상했다. 사람들은 누군가 이미 롤스크린을 쳐놓은 자리만 찾을 뿐, 자신이 그 자리에 앉고 나서 그렇게 하면 된다는 데에는 생각이 미치지 않은 것 같았다.

뭔가 행동을 하는 일에 부담을 느끼는 것은 사람들의 공통된 심리이다. 행동을 한다는 것은 그 결과를 예측해야 하기 때문에 아무리 사소한 것이라도 두뇌를 사용해야 한다. 엉덩이를 일으켜 근육을 움직이는 것도 중력에 반하는 자연스럽지 않은 일이다. 자연계의 법칙대로 뭐든 에너지를 아끼는 쪽으로 키워진 인간은, 기본적으로 "좋은 상태의 것을 골라야 한다"고 생각할 뿐, "내가 어떻게 하면 상태를 더 낫게 만들 수 있을까?"라는 의문을 가지려 들지 않는다. 하지만 본능에서 한 발 더 나아가 자신이 행동을 하는 방향으로 관점을 바꾸게 되면, 그때부터는 이제까지와는 다른 세계가 펼쳐진다.

서울에서 약학대학을 나온 한 무일푼의 약사가 고향에 내려가 변두리에 손바닥 만한 약국을 차렸다. 어느 날, 다른 곳에서 볼 일을 마치고 약국으로 들어가는데 약국 위치를 설명하기가 영 애매했다. 워낙 외진 동네다이다 보니 사람들이 알 만한 큰 건물이나 기관 같은 게 없었던 것이다. 그때 문득, 그 신출내기 젊은 약사는 이런 생각을 했다.

'우리 약국을 그 동네 택시 포인트로 만드는 건 어떨까?'

그는 말하고도 무안해질 것 같아 몇 번이나 망설이다가 용기를 내어 입을 떼어 자신의 약국 이름을 말했다.

"육……육일약국으로 가 주세요."

"예? 거기가 어딘데요?"

택시기사의 당연한 물음에 그는 약국의 위치를 자세히 설명했다. 그 이후부터 그는 택시를 탈 때마다 기사가 아는지 모르는지 상관없이 무조건 육일약국으로 가달라고 주문했고, 동네 모든 지인에게도 그렇게 해달라고 부탁했다. 그러자 택시를 타면 육일약국에서 내리는 사람들이 조금씩 늘어났고, 그곳에 내린 손님이나 기사들로 약국이 북적이며 입소문이 나기 시작했다. 그렇게 3년이 지난 어느 날, 그 약사는 다른 도시에서 택시를 탄 뒤 무의식중에 "육일약국으로 가자"고 말하고는 아차 했다가 이내 벅찬 감회에 사로잡히고 만다. 택시기사가 지체 없이 출발을 하더니 이런 말을 한 것이었다.

"그 지역에서 택시기사 한 달 하고서도 그 약국 모르면 간첩이라면서요? 근데 그 작은 약국은 왜 그렇게 유명한 거죠?"

택시 안에서 잠시 한 생각을 계기로 이끌어낸 작은 행동이 그 약국을 이웃 도시에까지 모르는 사람이 없는 유명 약국으로 만든 것이다. 이후 육일약국은 지역을 대표하는 대형 약국이 되었다.

나중에 교육사업가로 변신한 한 성공한 CEO의 이야기지만, 중요한 것은 "육일약국 갑시다"라는 멘트가 비범한 사업가의 혜안이 아니라 누구나 생각할 수 있는 아이디어에서 나왔다는 것이다. '우리 약국이 택시기사들이 척척 알 정도로 유명하면 얼마나 좋을까?'라는 생각은 누구든 택시를 탈 때마다 할 수 있는 것이다. 그러나 거기서 반 발자국 나가 '어떻게 하면 우리 약국이 기사들이 다 알 정도로 유명한 곳으로 만들 수 있을까?'라고 생각하고, 그 생각을 실천에 옮기는 행동양식은 아무나 가질 수 있는 것은 아니다. 평범한 삶을 사는 이들에게도 생각을 행동으로 옮기는 습관은 매우 유용하며 원하는 삶에 다가갈 수 있는 기초적인 조건이 된다. 그 움직임은 아주 작은 것이어도 된다.

내가 바라는 것이 있다면 행동에 옮겨라

B는 대학시절 기자가 꿈이었는데 신문보다는 잡지에 관심이 많았다. 하루는 학교에 취업 멘토로 그 학교 졸업생인 잡지사 편집장이 왔다. 그녀는 강의가 끝난 후, 용기를 내 편집장에게 다가가 인사를 했다. 그리고 자신이 전에 대학생들의 문화에 대해서 써놓은 기획기사를 포함한 포트폴리오를 건넸다. 얼마 후, 잡지사에서 그녀

에게 연락을 했다. 대학생 인턴 기자를 해보지 않겠느냐는 것이었다. 비록 일 자체는 잡무에 가까웠지만 실무를 접하면서 많은 것을 배울 수 있었고, 졸업 후 그녀가 잡지 기자를 거쳐 홍보 전문가가 되기까지의 이력서 가장 첫 줄에 적혀 있는 소중한 최초의 경력이 되어주었다. 나중에야 안 일이지만, B가 인턴기자로 추천받은 것은 그녀가 낸 기사가 훌륭해서가 아니었다. 그저 그 잡지사에서 마침 업무보조를 해줄 아르바이트생이 필요했고, 그 일에 열정을 가진 B가 편집장 눈에 띄었을 뿐이었다.

편집장의 강의를 들은 대학생들 중에는 잡지사 기자가 되고 싶었던 사람이 더 있었을 것이다. 하지만 그들은 B와 달리 자신의 바람을 행동으로 옮기지 않았다. 물론 그녀처럼 행동했을 때 반드시 좋은 결과가 따라오는 것은 아니지만, 남보다 많이 움직이는 사람에게는 훨씬 많은 기회가 찾아온다.

당신이 서른이 되기까지 보아 온 수많은 성공한 사람들 중 우리가 절대로 따라잡을 수 없을 만큼 능력이 뛰어난 사람은 별로 없을 것이다. 그러나 그가 어느 분야의 어떤 사람이건 틀림없이 다른 사람이 망설이고 있는 시점에 본능적으로 생각을 행동으로 옮긴 사람임은 분명하다.

앞으로의 삶을 다르게 살고 싶은 서른이라면 지금부터라도 '바라는 것'을 '내가 해야 할 것'으로 치환해서 생각하고 즉시 실현시키는 습관을 가져야 한다. 평범하고 행복하게 살고 싶은 사람이라고 해도 마찬가지이다. 이 세상에서의 평화와 안식이라는 것은 독하게 달린 사람만이 누릴 수 있는 것이다.

여자들은 무언가를 시작할 때 너무 많은 생각을 한다. 그래서 실수를 덜하지만, 때로는 너무 많이 배우고 너무 많이 준비한 뒤 시작하려고 하기 때문에 끝내 시작을 못하는 경우도 생긴다. 남자들의 천방지축을 본받을 필요는 없지만 일단은 작은 발걸음이라도 재빨리 내딛을 수 있는 순발력은 갖추어야 한다.

행동이라는 것은 작은 것부터 실천하는 것만으로도 충분하다. 몸이 파김치가 되어 청소하기가 너무나 싫을 때 처음부터 온 집안을 다 청소해야겠다고 작정하면 진공청소기에 손조차 대기 싫다. 그럴 때마다 나는 가장 지저분한 거실만이라도 우선 간단하게 치우자고 스스로를 다독이며 청소기를 꺼내온다. 하지만 그렇게 해서 일단 청소를 하기 시작하면 그 옆의 지저분한 것을 치우게 되고, 조금 더 움직여 옆방으로 청소기 헤드를 들이밀게 된다. 다를 것 같지만 더 중요한 다른 일들도 이런 식으로 일이 커지는 것이다.

기발한 아이디어 제품으로 대박을 낸 사람들도 자신이 불편해서 한 번 만들어 봤다가 주변 사람들 반응이 좋고, 어쩌다 특허도 내게 되고, 그러다가 공장 계약까지 해서 기업체 사장까지 된 수순을 밟은 사람들이 많다. 처음부터 작정하고 발명에 인생을 건 사람들은 오히려 드물다. 작은 실천을 꾸준히 하는 사람이 큰일을 내는 이유가 거기에 있다.

무엇이건 앞으로의 인생에서 이루고자 한다면, 야금야금 쉬지 않고 실천하는 독종이 되어야 한다.

외향적인 사람보다는 극성맞은 사람이 되라

내향적인 사람들은 열등감을 갖고 있는 경우가 많다. 사회에서는 확실히 외향적인 성격이 환영받으며 실제로도 유리할 때가 많기 때문이다. 또 사람들은 무언가 일을 이루어내기 위한 적극적인 행동들을 외향적인 사람만이 할 수 있다는 선입견을 갖고 있다. 외향적인 성격은 곧 능력과도 직결되는 하나의 조건인 셈이다.

내향적인 성격을 가진 사람들의 고충이라면 나도 잘 알고 있다. 학창 시절 내내 무리에서 가장 작은 목소리를 냈고, 한두 명의 친구와 깊은 관계를 맺는 것을 좋아했으며, 낯선 사람들과 어울려야 할 때는 내가 무능력한 바보처럼 느껴졌다. 스스로가 소외된 상황을 자처하면서도 막상 그 상황이 되면 다른 사람들에게 외면 당했다는 기분이 들곤 했다. 드센 친구한테 모욕적인 말을 들어도 화를 내야 하나 말아야 하나 고민하다가 말할 기회를 놓치고는 잠자리에서 후회하는 피곤한 성격이기도 했다.

세상을 이루는 사람 중 80퍼센트 정도가 내향적인 성격에 속한다고 한다. 이 글을 읽고 있는 당신도 나처럼 내향적인 성격일 가능성이 더 높다. 그렇다면 일반의 예상대로 세상은 나와 당신을 제외한 20퍼센트에 의해 지배되고 있는 것일까?

성격이 외향적이거나 내향적인 것은 하나의 성향일 뿐 어느 한쪽이 우월하거나 열등한 것이 아니다. 의외로 삶에 대한 태도가 적극적인가 그렇지 않은가도 내-외향 성향과는 관계가 없다. 사람에게 다가가는 것을 어려워하지 않는 활달한 성격이면서도 오랫동안 입에만 올리던 일을 여전히 행동으로 옮기지 않는 사람도 있고, 자기 감정을 표현하지 않는 조용한 사람이면서도 소리 없이 큰일을 해내는 이도 적지 않다.

내가 한 모임에서 만난 여자는 어찌나 내향적인지 그 자리에 나온 사람들과 눈조차 마주치지 못했다. 그동안 내향적인 사람을 많이 만났지만 사회생활을 하고 있는 사람이 그 정도까지 심한 경우는 본 적이 없었다. 나중에 지인에게 그녀가 어떤 사람인지 듣고 깜짝 놀랐다. 그녀는 사업체를 운영하는 사람이었고, 처음 그 업계에 발을 들여놓을 때의 일화도 지인들 사이에서 유명하다는 것이다. 다짜고짜 마음에 두고 있는 회사에 전화를 걸어 자기를 채용하지 않으면 후회할 것이라고 했다는 것이다. 물론 실력이 따라주었기에 견실한 회사의 경영주까지 되었겠지만, 아무리 봐도 태생적인 내향인인 그녀의 겉모습으로는 상상할 수 없는 이력이었다.

자신의 성격이 내향적이라고 해서 행동까지 주저할 필요는 없다. 뭔가 일을 저지르는 것이 자신에게 어울리지 않는다고 속단하는 것도 금물이다.

얼마 전, 지방에 사는 독자들이 나를 만나기 위해 서울에 올라왔다. 서른을 앞두고 내 이야기를 듣고 싶다는 바람 하나만으로 비행기를 타고 와 나와 두 시간 대화를 나누고 바로 다시 공항으로 향한 것이다. 그 적극성 때문인지, 나는 그녀들을 만나기 전까지 막연히 활달하고 수다스러운 아가씨들을 상상했다. 하지만 막상 만난 그녀들은 모두 조곤조곤한 말투에 부끄럼 잘 타게 생긴 '천생 여자'

들이었다. 예상치 못했던 차분한 분위기에 조금 당황한 내가 "어떻게 여기까지 오시게 됐느냐"고 뜬금없이 묻자, 그들 중 한 명이 조용하게 미소 지으며 한 대답을 잊을 수 없다.

"저희가 좀 극성맞거든요."

때로 '여유'와 '행동하지 않는 것'을 같은 것으로 착각하는 사람들을 만난다. 자신이 생각하고 있는 것을 즉시 행동으로 옮기는 것이 경망스러워 보인다거나, 반대로 품위 있는 사람들은 무겁게 움직인다고 생각하는 이들도 적지 않다. 그런 것을 '여자가 극성맞다, 독하다'라고 표현한다면, 나는 모든 서른 살 여자들이 부디 독하고 극성맞게 살아주었으면 좋겠다.

의외로 행동하고 움직이는 것은 성향이나 성격보다는 자존감과 더 관련이 있다.

"난 내가 이기건 지건 상관없어."

"진흙탕 싸움에 끼고 싶지 않아."

이렇게 말하며 품위 있는 척 행동하기를 거부하는 사람들 중에는 자존감이 낮기 때문에 '경쟁에서 빠지기'라는 유형의 심리적 방어기제를 사용하는 이들이 많다. 애초 자신이 성공하지 못할 것이라고 생각하기 때문에 성공 자체의 의미를 부정하는 것이다. 세상에는 낮은 자존감 때문에 아예 행동하려 들지 않으면서 주변 사람들의 의욕까지 꺾는 이들이 속세를 초월한 도인 행세를 하는 경우가 무척 많다. 이런 이들의 성향을 파악한 현명한 서른 살들은 이제 밖으로 폭발하는 행동력에서 다른 방향으로 선회를 한다. 조금씩, 더 오래 열정을 발산하고 싶은 이들이 소리 없이 극성을 떠는 것이다.

작은 행동이 나를 구원한다

전에 한의사와 상담을 하다가 무심코 이런 말을 한 적이 있다.

"서른 넘은 다음부터는 물만 먹어도 살이 찌는 것 같아요. 이거 다 나잇살이겠죠?"

그러자 그의 대답이 의외였다.

"나잇살이라는 건 없어요. 기초대사량이 전보다 좀 떨어지기는 하지만, 다들 말하는 것처럼 단순히 나이가 든다는 이유만으로 살이 찌는 건 아니죠. 나이 들면서 점점 움직이지 않으니 살이 찌는 거예요."

내 늘어나는 뱃살이 나이 탓이 아니라는 말에 충격을 받고 곰곰 생각해보니 정말 이십대 시절에 비해 몸을 움직이지 않고 있었다. 종일 일한다며 책상 앞에 앉아 있고 일이 끝나면 피곤하다는 이유로 택시를 타고 움직인다. 주차할 곳이 마땅치 않은 곳으로는 외식하러 가지도 않고, 대중교통으로 여행을 해본 기억도 까마득하다. 나이가 들면서 시간과 에너지를 절약한다는 이유로 점차 움직임을 거부하고 있는 것이다. 나잇살의 정체가 운동 부족이었다는 진실과 대면하는 순간이었다.

비단 나잇살만이 아니다. 삼십대에는 삶의 활력과 생기를 잃어가는 것을 나이 탓으로 돌리는 일도 많다. 삼십대에는 몹시 바쁘지만 익숙해진 일상 속에서 무료함과 허무를 느끼기도 한다.

결혼 후 몇 년 동안 괄괄한 성격의 시어머니와의 충돌 때문에 지옥 같은 신혼 시절을 보냈던 한 지인은 시어머니가 미국으로 이민 간 아주버님에게 살러 가는 바람에 한결 편해진 이후, 오히려 이혼하고 싶은 충동에 시달렸다고 한다. 전에는 시어머니에게 시달리느라 미처 돌아볼 수 없었던 남편의 무심한 행동들이 부각되면서 '내가 이런 남자 때문에 그 고생을 했나' 싶은 원망과 미움이 생기더라는 것이다. 고부 갈등이라는 시끄럽고 표면적인 문제가 사라지고 나자 좀 더 근본적인 문제인 남편과의 관계가 묵직한 삶의 화두로 떠오른 것이다.

삼십대의 허무도 그 비슷한 것이다. 이십대에 그토록 시달렸다가 마음의 평화를 좀 얻었건만, 이제 자신의 삶을 적나라하게 들여다보니 또 다른 괴로움이 도사리고 있다.

이럴 때, 그 괴로움을 극복하지 못한 서른 살 여자들은 대개 안으로 숨기 마련이다. 이제 인간관계가 얼마나 허망한 것인지 알았고, 일에서 성공이나 보람을 찾는다는 게 환상에 지나지 않는다는 판단을 끝낸 상태이다. 더 나아진다기보다는 하루하루 버티는 기분으로 살고 있는 그들은 도무지 나이 들었다는 것의 장점을 발견하지 못하고 있다. 그런 이들에게 버나드 쇼Bernard Shaw의 독설 한 마디를 소개하고 싶다.

"내 불행해지는 비결 하나를 알려주지. 그건 당신이 행복한지 아닌지 고심할 여유를 가지는 거야."

어쩌면 영국 시인 테니슨Tennyson이 그의 가장 친한 친구가 죽었을 때 스스로에게 한 말이 도움이 될 수도 있겠다.

"절망 속에서 말라 죽지 않으려면 행동에 몰두해야 한다."

어떤 방향으로 어떻게 가야할지 모르더라도 일단은 일어서서 움직여야 한다. 단, 머뭇거리면 움직일 수 없게 되므로 행동해야겠다는 생각과 동시에 움직여야 한다. 움직이다 보면 길이 보인다.

무역회사에 다니던 A는 악질 상사를 만나 몸고생 맘고생을 하다가 끝내 그 상사에게 이용만 당하고 스스로 사표를 내야 할 입장에 처하고 말았다. 그래도 다음 일자리를 위한 평판 때문에 바로 그만두지도 못하고 인수인계를 위해 이를 악물고 남은 출근일수를 채우고 있던 어느 날이었다. 그녀는 심한 복통과 열, 오한 때문에 침대에서 일어날 수가 없었다. 결국 119 구급차에 실려 갔고, 그대로 퇴사를 했다. 병원에서 말하는 병명은 몸살과 위궤양이었지만 망가진 게 위뿐만이 아니라는 걸 그녀는 알 수 있었다. 근 육개월 정도 머리끝부터 발끝까지 아프지 않은 곳이 없었던 것이다. 몸과 마음을 크게 다친 그녀는 집에서 쉬는 동안 몸은 나아졌지만 마음이 괴로워 미칠 것 같았다. 몸을 위해 아직은 더 쉬어야 한다는 사실, 재취업을 위해서는 공백이 길어져서는 안 된다는 당위성, 그러면서도 사회생활이 지긋지긋해 그 세계로 돌아가기 싫은 마음 등이 뒤엉켜 밤에 잠도 잘 오지 않았다. 그러다가 어느 날 신문에 끼어 들어온 여성 재취업 교육기관 광고지를 보게 되었다. 국가지원을 받는 곳이라 교육비도 싸거나 무료였고 집에서 가까웠다. 교육 프로그램에서 블로그 마케팅이라는 과목이 눈에 들어왔다. 전부터 블로그에 관심이 있었지만 A는 지옥 같은 회사 생활에 시달리느라 게시물 하나 올린 적 없는 유령 계정을 하나 갖고 있을 뿐이었다.

그녀는 이끌리듯 등록했고, 몇 달 동안 일주일에 두 번씩 강의를 들었다. 재미있었다. 강의 내용을 적용해 그동안 그녀의 관심사였던 디자인 소품들 위주로 게시물을 올렸더니 반응도 꽤 괜찮았다. 그것을 계기로 다른 공부도 하기 시작했고 그 분야에서 유명한 회사들에 대해서도 알게 되었다. 그렇게 지낸지 육개월이 좀 지났을 때 그녀는 한 디자인 소품 회사 관계자의 이메일을 받게 되었다. 그 회사 쇼핑몰 홍보자문을 위해서였다. 그 일을 계기로 A는 그 회사에 입사하게 되었다. 마음 맞는 사람들과 재미있어 하던 일의 연장 선상에서 일을 하게 된 그녀는 언젠가 독립해 창업을 하고 싶다는 꿈을 꾸고 있다.

그녀가 힘든 회사 생활에서 탈출하고 싶다는 생각만으로 주저앉았다면 지금과는 전혀 다른 삶을 살게 되었을 것이다. 한참 쉬다가 전과 다를 바 없는 직장에 낮은 조건으로 입사하거나, 운이 나빴다면 재취업에 실패해 삼십대 무직자 대열에 합류했을 수도 있다. 그녀가 이전보다 나아진 삶을 살 수 있게 된 힘은 블로그를 운영했다거나 하는 행위 자체가 아니라 쉬지 않고 배우고 움직임으로써 활력과 감각을 유지한 데에서 나온 것이다. 그녀도 실은 독종이었던 것이다.

움직임이란 조금씩 그러나 끊임없이 삶을 갱신하는 일을 실천하는 것이다. 살면서 "이런 것은 처음이야!"라는 말이 나올 만한 일을 자주 만들자. 사람은 새로운 것을 접할 때 도파민이라는 쾌감 호르몬이 분비돼 행복과 활력을 느끼게 된다. 그러나 사실 다람쥐 쳇바퀴 같은 일상에서 행복을 느끼는 것은 특별한 능력을 필요로 한다. "주어진 것에 감사하라, 일상에서 행복을 찾아라"라는 주문은 주어진 조건에 쉽게 익숙해지는 평범한 사람들에게는 어렵다. 일상의 작은 변화에 미세하게 반응하고 감사할 수 있는 건 특별한 감수성을 가진 사람들만의 영역이기 때문이다. 그게 쉽지 않으니 끊임없이 움직이고 새로운 경험을 찾는 노력이 필요한 것이다.

이름이 해석되지 않는 태국 음식 먹어보기, 낯선 곳으로의 여행, 생전 처음 미술관 방문하기, 이해할 수 없는 분위기의 홍대 카페에서 커피 마시기, 관심 있는 분야 특강 들어보기 등등 뭐든 새로운 일들을 찾아 틈틈이 시도해보면 점심 후 마시는 커피의 카페인처럼 쾌감 호르몬이 온몸에 퍼지는 것을 느낄 수 있다. 단 익숙한 것만 좋은 것이라고 믿고 뭐든 불평할 준비가 되어 있는 사람들은 그 어떤 새로운 일을 해도 스트레스로 느낄 뿐이다. 마음이 먼저 움직이는 것이 진짜 움직임이다.

주변에서 나이 들수록 현명해지는 사람, 아름답게 나이 드는 사람, 나이 들수록 더 행복해지고 있다고 말하는 사람들을 찾아 그들의 삶을 관찰해보라. 그들이 평화롭고 정적인 것처럼 보이는 삶 속에서 실은 쉼 없이 움직이고 있으며 새로운 움직임을 계획하고 있으면 어떤 한 가지 면에서는 독종이라는 사실을 확인할 수 있을 것이다.

자꾸만 지금에 안주하고 싶을 때, 그만 주저앉고 싶을 때일수록 독하게 몸을 일으켜야 한다. 이십대 시절처럼 숨이 턱에 차도록 달리라는 말이 아니다. 꾸물꾸물 남들이 알아채지 못할 정도로 작은 동작으로라도 하루도 빠짐없이 움직여 앞으로 나아가야 한다. 그것은 지금부터 평생 견지해야 할 삶의 태도이다. 움직임을 멈추지 않으려는 자세는 위기의 탈출구가 되기도 하고, 삶의 발전으로 이어지기도 한다.

14

나는 나와 결혼하고 싶은가?

적을 사랑하기는 쉽다.
그러나 자기 자신을 사랑하는 것은 아주 어렵다.
사람들은 자기 자신을 가장 잘 아는데
어떻게 사랑할 수 있겠는가!
자신을 사랑할 수 있는 사람만이
모든 것을 사랑할 수 있다.

오쇼 라즈니쉬

한 친구와의 술자리에서였다. 이십대 시절 죽도록 고생하다가 이제 일과 결혼에서 제법 자리를 잡은 친구였다. 적당히 취하고 서로 적당히 마음의 경계가 허물어졌을 때, 그 친구의 입에서 이런 말이 나왔다.

"난 내 남편이 세상에서 제일 부러워."

왜냐고 묻자, 그녀는 진심을 담아 이렇게 말했다.

"나같이 멋진 마누라랑 살잖아."

그때, 나는 그녀가 이제는 정말로 행복하구나 하고 확신했다.

세상에서 가장 어려운 일 중의 하나가 바로 자기 자신을 사랑하는 일이며, 삼십대는 그 어려운 과제를 어느 정도 해결하기 시작하는 시기이다. 이십대까지는 자기 자신에게 익숙해져 있으되 아직은 신뢰와 사랑이 자리 잡지는 못하는 게 보통이다. 거친 세상을 통과하면서 자기 자신과도 '전우애' 비슷한 것을 느껴 보아야 보다 깊고 단단한 관계를 만들 수 있다. 아직 자신이 못마땅할 때도 많고 종종 어디 가두어두고 싶을 만큼 부끄러울 때도 있지만, 그래도 자신이 꽤 괜찮은 여자라는 생각이 든다.

자기 자신과 잘 사귀는 기술을 익힌 삼십대는 다른 사람과의 관계에서도 문제를 덜 겪는다. 이십대 시절, 내향적인 성격과 눌변 때문에 대인관계가 시원치 않았던 사람들이 서른이 되어 모든 사람과 편안하게 지내는 것을 자주 보게 된다. 그것은 자기 자신과의 관계가 안정되었기 때문에 가능한 일이다.

나는 종종 연애에 대한 고민을 접하게 되는데 사연을 천천히 곱씹어보면 결국은 상대방이나 의사소통의 문제가 아니라 자존감의 문제로 귀결된다. 그녀들은 그 나쁜 남자가 자기 인생을 망치고 있다는 것을 알면서도 놓지 못하고는 그걸 순애보라고 착각하기도 하고, 열등감 때문에 상대를 괴롭히며 스스로 고통스러워하기도 한다.

반면, 자존감이 있는 여자들은 아무리 사랑하고 조건이 좋아도 자신을 소중히 여기지 않는 남자라면 과감히 떠나보내고, 잘못된 사랑을 시작했어도 늦지 않게 돌이킬 결단력도 발휘한다. "이건 아니야"라고 말하는 자신의 목소리를 믿고 행동할 수 있는 것이다.

삼십대에 필요한 것은 '사랑을 시작할 수 있는 능력'보다는 '사랑을 유지할 수 있는 능력'이다. 사랑의 시작은 매력적인 외모나 연애에 대한 열린 태도 등으로도 가능하지만 사랑을 오래 유지하고 발전시키는 것은 자존감 없이는 힘들다. 이제 당신은 어린 시절의 인기라는 것이 얼마나 허망한 것인지 잘 알고 있다. 그리고 앞으로 나이를 먹어갈수록 그 생각에 확신을 더하게 될 것이다. 당신이 더 중요하게 생각하기 시작한 '단 한 사람과의 사랑'을 책임지는 것이 바로 자존감이다. 자신을 사랑하는 여자는 타인의 사랑을 구걸하지 않으면서도 더욱 사랑받게 된다.

사람들이 고난에 처할 때 해서는 안 되지만 흔히 저지르게 되는 잘못이 두 가지 있다. 잘못을 남의 탓으로 돌리는 것, 그리고 자기비하. 이 둘은 이란성 쌍둥이 같다. 양립할 수 없는 것처럼 보이는

데도 늘 함께 온다.

한때 나도 다른 사람들 때문에 인생의 모든 면에서 실패했다고 생각한 적이 있다. 그러면서도 그 누구보다 가장 원망한 대상은 그 절망적인 상황에서 당장 빠져나올 능력이 없는 나 자신이었다. 이전까지 누군가를 싫어해본 적은 있어도 미워해본 적은 없던 나는 그때 처음으로 격렬한 증오의 감정을 경험했다. 그 무렵 서랍 속 손거울을 제외하고 집에서 거울이란 거울을 모두 치운 것도 내 얼굴을 보기가 싫어서였다. 스스로를 괴롭히고 못살게 굴면서 나는 그 불쾌한 자극을 일종의 쾌락으로 받아들였던 것 같다. 입 안에 상처가 생기면 자꾸만 혀를 건드려 통증을 확인하게 되듯 나를 아프게 하면서 은연중 그 고통을 즐겼다.

그 모두가 자존감이 부족해서 생긴 일이었고, 그런 태도는 나를 더욱 작아지게 만들었다. 어느 날 더 이상 이렇게는 살 수 없다고 느꼈을 때, 내 앞에는 두 가지 선택의 여지가 남아 있었다. 죽거나, 죽을힘을 다해 여기서 벗어나거나. 후자를 선택하고 나니 독하게 길을 찾을 수밖에 없었고 그러다 보니 정말로 살 길이 찾아졌다. 그러고 나서야 서서히 나 자신을 곱게 봐줄 수 있게 되었다. 정말이지 나 자신에게 인정받는 게 가장 힘들었다.

삶에 대한 불만족에 시달리게 되면 우리는 남에게 잘못을 돌리고 그 스트레스를 자신에게 돌리는 유혹에 빠지기 쉽다. 왜냐 하면 그게 우리 앞에 놓인 행동양식의 유형 중 가장 선택하기 쉽기 때문이다. 그러나 어떤 일이 있어도 자신을 학대해서는 안 된다. 나 자신은 우주의 시작이고, 거대한 산도 깊은 바다도 그것을 인지할 내가 없다면 존재하지 않는 것이나 마찬가지이다. 그런 나를 부정하고서 세상을 산다는 건 말할 수 없이 비참한 일이다.

삼십대에 들어서면서 당신은 자신을 사랑하는 일에 예전보다 능숙해졌다. 남에게 칭송을 받거나 거창한 일을 해낼 수는 없을지 몰라도 삶에 충실했던 자신에게 상을 줄 줄 알게 되었다. 이제 그 일에 좀 더 의미를 부여해 자신의 가장 든든한 응원군으로서 자리를 잡고, 일상에 치이면서 자주 잊어버리는 그 당위를 더 자주 기억해내기만 하면 된다.

'더 나은 나'가 되고 싶다면

어느 기자가 인터뷰에서 이런 질문을 했다.

"만약 새로 인생을 시작한다면, 선생님께서 아시는 사람 중 누가 되고 싶으신가요?"

"글쎄요. 전 조지 버나드 쇼라는 사람이 되고 싶군요. 단, 옛날 그대로는 말고 새롭게 태어난 버나드 쇼로 살고 싶어요."

그 대답을 한 사람은 다름 아닌 버나드 쇼 자신이었다.

아마 스무 살이라면 버나드 쇼의 말에 공감할 수 없을지도 모르겠다. 그때는 다시 태어나 되고 싶은 사람이 무척 많았다. 그러나 지금은 아무리 못났어도 그냥 나로 살고 싶은 마음 뿐이다. 지금보다 더 나은 사람이 되고는 싶지만 다른 사람이 되고 싶은 게 아니라, 그냥 '더 나은 나'가 되고 싶을 뿐이다.

한 살 한 살 나이가 들면서 남을 부러워하는 일이 줄어든다는 것을 느낀다. 여러 종류의 사람들을 만나고, 직간접적으로 여러 경험들을 하면서 세상에는 좋기 만한 삶은 없다는 것을 알게 되었기 때문이다. 겉으로는 남부러울 것 없어 보이는 사람들도 각자 나름의 고통이 있으며, 조금만 깊이 들여다 보아도 나라면 감당할 수 없을 것 같은 일들을 감당하며 살고 있다는 것을 확인한다.

결혼을 앞두고 있는 J는 약혼자를 사랑하면서도 친구 커플이 늘 부러웠다. J의 약혼자는 성실하고 그녀를 사랑하기는 했지만 다른 사람들 앞에서 애정 표현하는 걸 어색해하고 이벤트에 약했다. 커플 데이트를 할 때면 친구의 남자 친구는 연인이 사랑스러워 못 견디겠다는 듯 말하고 행동하는데 오랜 친구에서 연인이 된 J의 약혼자는 농담조로 구박이나 하기 일쑤였다.

친구 커플의 연애사를 들어보면 영화 같은 에피소드가 한둘이 아니었다. 외모나 능력까지 평균 이상이면서 늘 자상하고 극진하게 연인을 대하는 친구의 남자 친구를 보면, 투박하고 무심한 짝을 둔 자신이 한없이 초라해졌다. 간혹 이 남자가 나를 정말 사랑하기는 하는 건지 의심이 들어 심술도 부렸다.

지난여름, J와 그 친구들은 태국으로 함께 휴가를 떠나기로 했다. 다들 의기투합해서 여행계획을 세우고 신이 났는데, 부러운 남자 친구를 둔 그 친구만은 태도를 정하지 못하고 망설이는 것이었다. 친구들이 이유를 캐묻자 그 친구는 겨우 한 마디 했다.

"오빠가 아무래도 안 보내줄 것 같아."

J를 비롯한 친구들은 그녀가 공연히 남자 친구 핑계를 대는 것이라고 생각했다. 주말 낀 2박 3일 짧은 여행에 여자 친구들끼리 가는 여행을 결혼도 하지 않은 남자 친구가 굳이 반대할 이유도 없고, 그럴 자격도 없다고 여겼기 때문이다.

"그러지 말고 같이 가자. 나 내년에 결혼하면 함께 여행하기가 쉽겠니? 우리끼리 해외여행 간 적 한 번도 없잖아. 마지막이라고 생각하고 신나게 놀고 오자."

J의 설득에 그 친구도 겨우 고개를 끄덕였다.

"사실은, 나도 너희 못지않게 가고 싶어. 믿어 줘."

며칠 후 그 친구 커플을 다시 만난 자리에서 J는 친구의 말이 결코 핑계가 아니었다는 것을 확인할 수 있었다. 친구의 남자 친구는 J에게 정색을 하며 이렇게 말하는 것이었다.

"저는 여자들끼리 휴양지 여행하는 거 안 좋게 보는 사람입니다. 그런 데 밤 문화가 얼마나 문란한데요. 뭐, 그렇더라도 사람마다 생각은 다를 수 있는 거니까 J씨가 가시는 것까지 비난할 생각은 없어요. 하지만 이 친구는 그냥 내버려두시면 좋겠어요. 제가 싫어요. 부탁합니다."

J는 기가 막혀 입을 떡 벌리고 그가 하는 말을 듣기만 했고 친구는 속상해서 눈물까지 글썽였다. 거기에 대고 그가 한 말은 더 기가 찼다.

"바보! 울긴 왜 울어? 태국 가고 싶으면 나랑 같이 가자. 내가 특급 리조트랑 비행기 당장 예약할게."

J는 그 커플을 보고 있는 것만으로도 숨이 막혔다. 그 남자는 알고 보니 여자에게 자상하게 헌신하는 만큼 간섭도 심한 성격이었고, J라면 제아무리 사랑 받아도 견딜 수 없을 타입이었던 것이다.

여행 출발일, 공항까지 운전해서 짐을 실어다 준 J의 동갑내기 약혼자는 출국장으로 들어가는 그녀에게 툭 던지듯 말했다.

"신나게 잘 놀다 와. 올 때 선물 안 사오면 나 삐칠 거다!"

까치집 머리에 트레이닝복 바지 차림으로 손을 흔드는 그의 모습을 보며 J는 다시는 남의 남자를 부러워하지 않겠다고 생각했다.

살다 보면 J와 같은 경험들이 계속 쌓이게 된다. 부러운 사람들의 삶이라도 그 속에는 입장 바꾼다면 나는 참지 못할 요소가 반드시 있기 마련이다. 우리는 자기도 모르는 사이에 자신이 그나마 감당할 수 있을 만한 여건들을 선택하며 살고 있기 때문이다.

J는 서로를 지나치게 구속하지 않고 편하게 사랑하는 관계를 더 좋아해서 그런 남자와 사랑에 빠져 약혼에까지 이르게 된 것이다. 바꿔서 생각해보면 그 친구 역시 헌신적으로 여자 대접을 해주는 남자를 좋아하는 성향을 갖고 있으니 그런 남자와 사귀고 있는 것이다. 아마 여행 때문에 그녀도 J를 잠깐은 부러워했겠지만, 내심 J의 약혼자처럼 무덤덤한 사람은 견디지 못했을 것이다.

부러운 사람이 없어지다

부러운 사람이 부럽지 않은 속사정은 사실 당사자만 아는 것이다. 고속승진을 해서 고액 연봉을 받는 대기업 임원들은 평생 가족들과의 추억을 포기했다고 보면 되고, 젊은 나이에 출세한 스포츠 스타는 친구들과 몰려다니며 떡볶이 사먹는 유년 시절을 통째로 날렸다. 당신 가까이에도 그 예는 얼마든지 있다.

사장과 친분이 있어 이 청년실업의 시대에 낙하산으로 취직한 어떤 신입사원은 회사 내에서 은근한 왕따를 당해 죽을힘으로 버티고 있는 경우가 있으며, 부자 부모를 둔 여자들이 돈 보고 사랑을 고백해오는 남자들 때문에 연애와 결혼을 어려워하는 경우도 적지 않다. 없는 입장에서야 배부른 소리라고 쉽게 말할 수 있지만, 막상 당사자들이 받는 고통을 들여다 보면 상상 이상인 경우가 많다. 고통의 정도야 똑같을 수 없으나 언제나 사람은 자기가 겪는 것을 가장 아프게 느끼는 상대적인 동물이 아니던가.

경험이 많다는 것은 남의 고통에 공감할 수 있다는 뜻이기도 하다. 내가 비슷한 일을 겪어 봤으니 타인의 고통도 더 잘 이해하는 것이다. 그래서 제대로 나이 든 사람들은 젊을 때처럼 남을 질투하지 않는다. 남들도 다들 나만큼은 힘들다는 것을 알게 되니 부러울 것도, 샘날 것도 없다는 것을 절로 깨달았기 때문이다. 서른을 넘어선 이들이 해가 갈수록 더해가는 삶의 무게에도 불구하고 한결 마음이 편해지는 이유가 이것이다.

서른이 넘어서도 점점 짙어지는 질투는 더 이상 나보다 나은 남을 향한 부러움이 아니다. 못마땅한 자신에 대한 원망이 자존심이라는 촉매를 만나 전혀 다른 색깔로 변질된 것이다.

이제 타인을 향한 "부럽다"는 말은 상대방을 칭찬하기 위한 겸양의 수사 정도로만 남겨두자. 아직도 맹렬하게 부러움의 감정에 휘말린다면 그건 자신을 좀 더 힘써서 사랑해야 한다고 스스로가 보내는 신호일 수도 있다. 나를 좀 더 독하게 사랑하라.

15

스스로 우주의 중심이 되는 연습을 하라

당신이 허락하지 않는 한, 그 누구도 당신에게
열등감을 느끼게 할 수 없다.

엘리너 루스벨트

자신감보다는 자존감을 키우라

H는 회사 안의 여직원 중에서 가장 승진이 빠른 사람 중 하나였다. 꼼꼼한 성격과 빠른 판단력, 여러 해에 걸친 경험 덕에 일 잘하기로 소문난 능력 있는 여자였다. 작년에 과장으로 승진한 것도 지난 몇 년간 자신을 돌아볼 수 없을 정도로 일만 한 결과였다.

그런데 얼마 전 자신과 같은 과장으로 승진한 후배가 그녀를 신경 쓰이게 하고 있다. 그 후배는 무슨 능력으로 그렇게 빨리 승진했는지 궁금해하면서 지켜보고 있는데, 남자 상사나 동료에게 지나치게 친절하고 허물없는 것을 보고는 남자에게 성적 매력을 어필해서 일하는 스타일이 아닌지 의심하게 되었다. 아니나 다를까, H는 휴일 번화가에서 부장과 후배가 단둘이 함께 있는 장면을 보게 되었다.

후배가 '소파 승진'을 한 것이 틀림없다고 확신한 H는 어쩐지 분한 마음이 들어 회사 내에 은근슬쩍 말을 흘렸다. 어찌나 조심스럽게 소문을 흘렸던지 그 말이 그녀에게서 나왔다는 것을 아무도 몰랐다. 나중에 그 소문이 돌고 돌다 끝내 그 후배 귀에까지 들어갔고, 후배는 펄펄 뛰면서 울음까지 터뜨렸다. 다음 날 출장 가는 부장의 부탁으로 만나 필요한 자료를 건네준 것뿐이라고 사람들에게 말했지만, H는 그 말이 곧이들리지 않았다.

그날 저녁, 그녀는 퇴근 후 여동생과 수다를 떨다가 회사 후배 이야기를 했다. 그러자 동생이 이런 말을 툭 던졌다.

"언니, 그 후배라는 사람한테 열등감 있어?"

"얘가 지금 무슨 말을 하는 거야? 나 작년에 우수사원상도 받았어. 그런 내가 그런 애를 왜?"

"언니는 모르나본데, 그 사람 승진했다는 말을 들은 다음부터 하루도 빼놓지 않고 그 사람 얘기를 했어. 막상 들어보면 소파 승진했다는 객관적 증거는 없고 성격도 괜찮은 사람 같은데 왜 그렇게 집착하는 거야? 요즘 언니 무척 피곤해 보여."

"알지도 못하면서 쓸데없는 말 하지 마. 넌 내가 그렇게밖에 안보이니?"

H는 밥먹다 말고 문을 부서져라 닫고 방에 들어왔다. 한동안 씩씩거리며 분을 삭이다 보니 자신이 동생에게 필요 이상으로 화를 냈다는 것을 깨닫게 되었다. 그러고 보니 회사에서 '미스터'라는 별명으로 불리고 그 흔한 사내연애 사건 한 번 없었던 자신이 남자에게 인기 많은 후배를 질투하고 있었을지도 모른다는 생각이 들었다. 정말 인정하기 고통스러웠지만 그 후배에게 열등감이 있을 것이라는 동생의 말이 맞을 수도 있었다. H는 얼굴이 화끈거리고 자신에게 화가 나서 견딜 수가 없었다.

흔히 자존감과 자신감을 혼동하거나 같은 의미로 쓰고 있지만 사실 둘은 전혀 다른 것이다. 자신감은 내가 무언가를 잘할 수 있겠다고 생각하는 것이고, 자존감은 내가 무언가를 잘하지 못해도 변함없이 나 자신을 사랑할 수 있는 마음이다.

H가 바로 자신감은 있지만, 자존감은 부족한 사람이다. 사회생활은 이제까지 잘 해왔고 능력도 있어 더 잘할 자신감이 있지만, 자존감이 부족하다 보니 외부의 조건에 쉽게 흔들리고 자주 남과 비

교하는 것이다. 거기서 자신이 상대보다 떨어진다 싶으면 본능적으로 상대를 흠잡고 깎아내린다. 물론 인간은 끊임없이 다른 개체와 자신을 견주어 존재감을 확인하는 동물이다 보니 비교로부터 완전히 자유로울 수는 없다. 하지만 자존감이 튼튼한 사람은 자기보다 잘난 사람을 봐도 잠깐 부러운 마음이 생길 뿐, 이내 "그 사람은 그 사람이고……"라며 평정심을 찾는다.

H 같은 경우라면 일을 통해서도 문제가 생길 수 있다. 자존감 없이 자신감만 강한 사람들은 남의 칭찬이나 외면적인 성취에만 의존하는 경우가 많다. 눈에 보이는 성취가 없으면 금세 풀이 죽기 때문에 성과를 내는 일에만 지나치게 몰두하게 되는 것이다. 그런 이들은 성공을 해도 자기만족감이 없어서 행복하지 않다. 잠시 실패를 해도, 비난을 받아도 변함없이 자신을 사랑할 수 있게 해 주는 것이 자존감이다.

심리학자들은 자신감과 달리 자존감은 어린 시절부터 형성되는 것이라고 말한다. 자존감은 가정환경과 부모의 양육태도 등에 지대한 영향을 받아 성인이 되고 나서까지 심리에 영향을 미친다는 것이다. 성인들이 심리 상담을 받을 때 유년의 기억까지 소급해 올라가는 것도 이같은 이유에서이다.

꼭 유년의 경험만이 아니더라도 가족은 현재의 삶에서도 현재진행형으로 영향을 끼친다. 특히 혈연관계가 중시되고 가족을 개인과 동일시하는 전통이 많이 남아 있는 한국을 비롯한 동양 사회에서는 무능력하거나 추한 인격을 가진 가족이 그 존재만으로도 자존감에 상처를 입힐 수 있다.

나 역시 가족 때문에 힘들어하는 독자들의 사연을 수없이 만났다. 그래도 서른 무렵이 되면 많은 이들이 가족을 극복하는 과제를 용케 해내는 것을 보게 된다. 여러 입장이 되어보고, 사회적 상처도 받아보면서 가족사를 객관적인 시각에서 바라볼 수 있게 되어서 그렇다.

코코 샤넬이라는 예명으로 더 잘 알려져 있는 디자이너 가브리엘 샤넬이 태어났을 때만 해도 '샤넬'은 럭셔리와는 상관없는 노숙자의 이름일 뿐이었다. 그녀의 부모인 잔 두델 샤넬과 앙리 알베르 샤넬의 처지가 그랬기 때문이었다. 하지만 지금 샤넬은 세상에서 가장 비싼 브랜드의 이름이 되었다.

당신이 가족이라는 족쇄에서 벗어나 자신만의 가치를 꽃피우는 것도 서른이라는 나이가 주는 선물이다. 당신이 부드럽고 독하게 자신을 사랑할 수 있다면 말이다.

나를 사랑하기 위한 몇 가지 연습들

사실 자존감을 키운다는 것은 쉬운 일이 아니다. 자신을 사랑한다는 것도 일종의 감정인데 감정이란 것이 의지대로 움직이지 않기 때문이다. 하지만 반복적으로 사랑할 조건을 만들어주면 마음도 움직이게 되어 있다.

자존감을 가지기 위해 가장 먼저 해야 할 일은 두 눈 똑바로 뜨고 자신을 바라보는 것이다. 고통스럽더라도 피하지 말고 자신의 지금 모습과 현실을 바로 보아야, 거짓 자아에 현혹돼 열등감의 다른 이름인 자만심에 빠지지 않을 수 있고, 충분히 사랑할 만한 자신의 모습까지 단점에 휩쓸려 매몰되지 않게 할 수 있다. 심리치료사들이 마음이 힘든 사람들을 대할 때 충고를 해주기보다는 듣는 일에 치중하는 이유를 생각해보면 자존감을 찾는 데에 왜 자기 인식이 필수적인지도 짐작할 수 있다.

똑같이 고통스러운 경험이라고 해도 피하려고만 하는 사람에게는 트라우마가 되고, 거기서 배우려고 하는 사람에게는 교훈이 된다는 것을 기억하고 용기를 내자.

다음으로 중요한 것은 '좋은 사람'이 되기 위해 노력하는 것이다. 남의 칭찬이나 시선을 의식해서가 아니라 스스로에게 부끄럽지 않은 사람으로서 행동하는 것은 결코 쓸데없는 일이 아니다. 길게 선 줄에서 새치기를 하거나, 커피숍에 냄새 나는 음식을 싸가지고 와서 먹는 등 남에게 피해를 주는 행동을 아무렇지도 않게 하는 사람들은 자존감을 잠깐의 편리함과 맞바꾼 사람들이다. 나아가 다른 사람들을 속이고 상처 입힘으로써 성취를 쌓아가는 사람들은 자신감은 얻을 수 있을지 몰라도 자존감은 잃어간다.

자존감이 없는 사람들은 실패에 쉽게 주저앉고, 더 이상 성취를 할 수 없는 상황이 되었을 때 인격이 무너지기 마련이다. 남에게 못할 짓 하고도 잘만 사는 사람들도 많은 것처럼 보이지만, 아무도 타인의 내적 고통은 알 수 없는 법이다. 고루한 이야기 같지만 완벽하지는 않더라도 내심 자신이 좋은 사람이라는 자부심을 품고 있는 사람이 행복한 것은 200퍼센트의 진실이다.

전에 자료조사를 위해 오랫동안 봉사를 해온 사람들을 인터뷰한 적이 있다. 그때 그들에게서 뿜어져 나오던 것은 숭고함, 희생, 절대 선善 같은 거창한 것들이 아닌, 행복감이었다. 봉사라는 것은 평범한 사람들이 생각하는 것만큼 흐뭇한 대가가 돌아오지 않는다. 받는 사람들이 고마워하기보다는 당연하게 생각하는 경우도 많고 자칫하면 오히려 욕을 먹거나 봉변을 당할 수도 있다. 한두 번 봉사활동에 나섰다가 그만두는 사람들이 많은 게 단순히 일이 힘들어서만은 아니다. 그럼에도 그런 일들을 지속적으로 하는 이들은 이미 내적 보상을 찾은 사람들이고, 우리가 짐작할 수 없는 수준의 자존감을 갖고 있는 경우가 많다. 함께 있을수록 나까지 흥분하게 만들던 견고한 행복감의 정체가 바로 그것이었다. 아리스토텔레스가 '계몽적 이기주의'라고 한 것과도 상통하는 대목이다.

자신감과 자존감이 동의어는 아니지만, 자신감은 자존감을 형성하는 데 분명 도움이 된다. 내가 무언가를 잘 해낼 수 있는 사람이라는 것은 자신이 좀 더 사랑받을 만한 사람이라는 보다 직접적인 근거가 되어준다. 자존감이 많이 떨어져 있는 사람이라면 무언가 작은 것이라도 성취를 해봄으로써 스스로에게 '나도 이런 사람이다'라는 것을 보여줄 필요가 있다. 낯선 곳에 여행을 가 수많은 돌발 상황들을 스스로의 힘으로 돌파해본다든지, 어떤 일에 아예 실패를 작정하고 도전해보는 것도 좋다. 자신감이 없는 사람들은 자신의 능력을 평가절하 하고 있는 경우가 많기 때문에 애초에 실패를 통해 배우겠다는 생각으로 덤볐다가 예상보다 빨리 성공하는 경우가 적지 않다.

서른 즈음의 당신이 지금 고난 속을 걸어가고 있다면, 그 상황을 그냥 견디지만 말고 자신의 손으로 무언가 힘을 보태는 적극적인 행동을 해보는 게 필요하다. 비록 그 노력이 대세를 돌리지는 못한다 해도 아마 당신은 자신의 힘으로 상황을 바꿀 수 있다는 가능성을 발견하게 될 것이다.

나에게 아부하되 거짓말은 하지 말라

서른은 포장의 기술에 능해지지만 내용물 없는 포장이라는 게 얼마나 부질없는 것인지 아는 때이다. 자기에게 맞는 포장지를 찾아내 내용물이 돋보이도록 잘 포장하는 것은 남을 위한 것이기도 하지만 나를 위한 것이기도 하다. 간혹 이제 무언가 남에게 보여줄 것이 있어야 한다는 강박감 때문에 아직도 내용물을 채워야 할 시간에 포장에만 공을 들이거나, 반대로 이십대 시절의 어설픔에서 온 고단함에 지쳐 포장에 무관심해진 이들을 보게 된다.

당대의 걸작 〈카사블랑카〉는 2차 세계대전 당시 모로코의 카사블랑카라는 도시를 배경으로 한 고전영화이다. 특히 안개 자욱한 공항에서의 로맨틱한 이별 장면은 오랜 세월이 지난 지금까지도 불멸의 명장면으로 회자되고 있다. 그런데 사실 이 영화는 카사블랑카 근처에도 가지 못하고 할리우드 세트에서 촬영했고, 마지막의 안개 장면도 엉성한 세트를 가리기 위한 감독의 꼼수였다. 원래 카사블랑카는 일년내내 쾌적한 지중해성 기후로 안개가 거의 끼지 않는 곳이다. 그럴 듯한 포장 덕분에 카사블랑카는 이름도 촌스러운 북아프리카 항구 도시에서 졸지에 애절한 사랑의 대명사가 되었다. 하지만 이 영화에는 당시에는 무명이었지만 한 세대를 풍미한 명배우들의 걸출한 연기와 뛰어난 연출력이라는 알맹이가 있었다. 만약 그런 알맹이가 없었다면 〈카사블랑카〉의 포장은 '사기'가 되었을 것이며 결코 명작의 반열에 오를 수 없었을 것이다.

포장에 지나치게 집착하는 것도, 지나치게 무시하는 것도 모두 바람직하지 않다. 이 둘은 모두 서른이 너무 늦은 나이라는 생각에서 온다. 포장에 집착해 남이 주는 찬사에 거짓 자신감을 갖거나, 포장을 무시해 필요 이상으로 발가벗겨진 자신의 속내를 마주하는 것 모두가 자존감에 해악이 되는 일이다. 자신의 장점을 찾아내 그것을 닦고 다듬어 나도, 남도 한 번 더 돌아보게 만드는 것은 서른에 꼭 해야 할 일 중 하나이다.

전에 딸과 디즈니에서 만든 어린이 영화를 본 적이 있다. 각자 다른 열등감을 갖고 있는 두 소녀가 인간세상으로 도망 온 인어 소녀를 도우면서 자신의 아픔도 극복하는 내용이다. 인어는 그녀들과 헤어질 때 이별 선물로 귀고리 삼아 귓불에 붙이고 있던 '아부쟁이 불가사리' 한 쌍을 준다. 작은 불가사리들은 주인의 귓가에서 쉴 새 없이 속삭인다. "너는 참 예뻐." "너는 참 마음도 곱지." "너는 용감하기까지 해." 인어는 그 불가사리들을 건네면서 이렇게 덧붙인다.

"아부라는 걸 알면서도 기분이 좋아져. 얘들은 늘 아부를 하지만, 거짓말은 하지 않거든."

검푸른 파도가 일고 있는 거대한 어른의 세계에 막 발을 들인 서른에게는 절대로 파도에 부서지지 않을 자존감이라는 조각배가 있어야 한다. 그런 의미에서 자존감 그득하고 똑똑한 독종으로 살아야 할 서른 살 여자에게 '아부하되 거짓말은 하지 않는' 불가사리 귀고리 한 쌍은 필수품이 아닐까.

16

서른, 자신에게 반하다

세상에서 가장 좋은 벗은 나 자신이며
세상에서 가장 나쁜 벗도 나 자신이다.
나를 구할 수 있는 가장 큰 힘은 나 자신에 속해 있으며
나를 해하는 무서운 칼도 나 자신 속에 있다.
이 두 가지 중 어느 것을 좇느냐에 따라
자신의 운명이 결정된다.

웰만

스무 살 때는 혼자라는 사실 하나만으로도 큰 공포였다. 친한 친구들이 학교에 나오지 않거나 함께 듣는 수업이 없는 날은 온종일 기죽어 다녔다. 강의 시간 전 학생들의 수다로 왁자할 때 눈에도 들어오지 않는 강의 교재에 코를 박고 있었고, 학생식당에서 점심을 먹을 때는 시선을 어디에 두어야 할 지 몰랐다. 의외로 그럴 때 가장 싫은 게 전공 수업 시간이었다. 다 아는 같은 과 친구들이지만 평소 자주 어울리지 않는 그룹의 화제에 쉽게 낄 수 없는데다가 그렇다고 교양 시간처럼 외떨어져 아무와도 말을 섞지 않는 건 더 어색했다. 그래서 앉은 자리 가까이 있는 그룹에 어중간하게 끼어 앉아 맥락이 잡히지 않는 대화에 뻔한 추임새를 넣는 게 고작이었다.

학교에서뿐만이 아니었다. 공원에서 커피를 마시며 사람 구경하는 것을 좋아했지만 혼자 공원에 나서면 그 시간을 오롯이 즐기지 못하고 자꾸 사람들의 시선을 의식했다. 한창 때의 젊은 여자가 혼자 청승을 떤다고 혀를 찰 것만 같아, 괜히 누군가를 기다리고 있는 척 손목시계를 자주 들여다 보았다. 아마 이 모든 것들은 요즘 같으면 스마트폰이나 태블릿PC를 들여다보는 것으로 해결되었을 테지만, 당시의 나는 혼자서 시간을 감당하고 있는 것이 아니라는 알리바이를 만드느라 그 소중한 시간을 낭비했다. 어찌 보면, 혼자가 싫다는 건 내가 느끼는 외로움이라기보다는 남 앞에서 당당할 수 없다는 체면의 문제이기도 했다.

스무 살 청춘들은 집단에서 떨어져 나오면 죽을 수밖에 없는 꿀

벌이나 개미와도 같은 청소년기를 보낸 지 얼마 지나지 않았다. 집단이 곧 자신의 정체성이었던 시기를 지나 조금씩 자신의 내면에 몰두하는 힘을 기르는 과도기에 서 있는 것이다. 이십대 내내 많은 사람들을 경험하며 타인에게 의지하는 게 얼마나 어리석은 일인지 깨닫게 된 서른 살들은 자신과 좀 더 친해지는 쪽을 택한다. 그래서 스스로 청승맞다고 생각했기 때문에 청승이었던 혼자만의 시간을 이제 달게 즐길 수 있게 된 것이다. 내 삶에서 자연스럽고도 완전하게 "심심하다"는 말이 사라지게 된 것도 그 무렵부터였다.

나는 십대 내내 마음에 꼭 들어맞는 단짝 친구를, 이십대가 되어서는 그런 연인을 얻는 게 소원이었다. 십대 시절 그토록 가슴 두근거리며 읽었던 시 '지란지교를 꿈꾸며'를 읊었던 시인이 왜 나이를 먹을 만큼 먹고도 지란지교를 '누리지' 못하고 꿈만 꾸었는지, 밥을 많이 먹어도 배가 안 나오고 자기 얘기가 재미없어도 웃어주며 돈이 없어도 마음 편하게 만날 수 있는 여자가 좋다는 가수의 노래 제목이 왜 〈희망사항〉이었는지, 그때는 알 턱이 없었다. 서른이 되어서야 내 바람에 맞춘 듯 들어맞는 사람은 세상에 없다는 것을 깨달았다. 나와 취향과 관심사가 일치하고 가치관도 비슷해서 어떤 일이건 함께할 수 있는 사람은 나 자신밖에 없다는 것을 그 무렵이면 누구나 알게 된다.

그런데 이처럼 누구에게나 오는 깨달음을 받아들이는 자세는 사람마다 사뭇 다르다. 어떤 사람은 마음에 꼭 들지 않는 사람이라도 혼자보다는 낫다는 생각에 누구라도 붙들고 어울리려고 하며 항상 곁에 있는 사람을 '차선'이라고 생각한다. 또 다른 누군가는 자기 자신과 함께하는 시간을 최대한 즐기지만 타인과 함께하는 것도 좋아해서 그 사람들을 '자신을 제외한 최선'으로 생각한다. 혼자만의 시간을 즐길 줄 아는 사람들이 타인과의 관계에서도 편안해 보이는 이유이다.

어른이 되어서도 자신과 잘 노는 법을 터득하지 못한 사람들은 삶이 아주 피곤해진다. 이전부터 알고 지내던 친구들은 이제 자신이 선택한 인생길을 따라서 달리고 있는 참이라 공유하는 시간도 짧아지고 관심사도 달라져 예전처럼 편하게 놀 수 없다. 사회에서 알게 된 사람들과의 관계는 아무래도 피상적으로 흘러가기 쉽다. 사실 어른들의 일상적인 친구 관계는 소설과 영화에서 구성의 편의 때문에 설정하는 베스트 프렌드와는 거리가 멀다. 언제나 함께했고 함께할 것이며 가족 이상으로 서로를 위해주며 필요할 때 언제나 곁에 있는 친구들을 가진 사람들은 생각보다 드물다. 모든 관계는 물처럼 흘러가기도 하고 변하기도 한다. 그것을 인정하고 자신도 물처럼 담기는 대로 유연해질 때 타인과의 관계도 즐거울 수 있다. 즉, 혼자서 잘 노는 사람들이 다른 사람들과도 재미있게 잘 놀 수 있다.

나 자신과 사귈 준비가 되었는가

대부분의 포유류와 조류의 새끼들은 놀면서 자란다. 당연하다고 생각하겠지만 동물세계에서는 이게 결코 당연한 게 아니다. 초식동물들은 깨어 있는 시간의 대부분을 풀을 뜯어먹는 데 써야만 생명을 유지할 수 있고, 사자와 같은 맹수도 열 번에 겨우 한 번 꼴로 사냥에 성공하기 때문에 사흘에 한 끼 정도를 먹으며 연명한다. 그래서 동물들은 애써 비축한 에너지를 절대로 쓸 데 없는 곳에 사용하지 않는다. 그런데도 대부분의 동물 새끼들이 논다는 것은 노는 일이 꼭 필요하다는 의미이기도 하다. 연구에 의하면 동물의 새끼들은 놀이를 통해 근육과 뇌세포를 발달시키고 생존 기술을 연습하기 때문에 놀지 못하는 새끼들은 생존할 수 없다.

인간은 누가 뭐라고 해도 식량으로 생명을 유지하는 게 목적인 시대를 벗어났다. 이제는 다음 단계의 생존이 화두인데, 그건 행복이다. 그래서 우리는 다른 포유동물보다 훨씬 더 오랫동안 놀아야 다른 차원의 생존이 가능해지게 되었다. 오랫동안 평생을 두고 해야 하는 놀이를 오로지 남에게만 의지하는 사람들이 행복하기 어려운 것은 어찌 보면 당연한 일이다.

사람은 자신과 노는 동안 자신에 대해 더 잘 알게 되고, 더 애정을 품게 되며, 더 강해지게 된다. 혼자만의 시간을 즐겁게 보낼 줄 아는 사람이 자신을 행복하게 하는 선택들을 잘 해낼 수 있는 사람일 가능성도 높다. 사람들은 혼자서도 아무렇지도 않게 무엇이건 잘하는 여자들을 사회성이 부족하거나 혹은 독한 여자라고 여기며 부정적으로 보기도 하지만, 그런 식으로 독한 여자들이 오히려 사람들 사이에서 더 잘 지내는 경우가 많다. 혼자 있는 모습을 들키기 싫어서 남이 보지 않는 곳에서만 혼자 있기를 고집하는 '코

쿤족'과는 다르다.

나는 내가 언제부터 행복해졌는지 정확히 기억한다. 마음대로 되는 일이 하나도 없고 주변 사람들은 약속이나 한 듯 나를 실망시키던 어느 매운 겨울, 따뜻한 캔 커피를 사들고 모교 도서관의 문학 열람실로 향했다. 당시 동화를 쓰면서 일러스트가 좋은 동화책에도 관심을 갖게 되었던 나는 그림책 수십 권을 골라 산더미처럼 쌓아두고 하루 종일 읽었다. 낡은 나무책상 위로 반사되는 따뜻한 햇살과 커피, 아름다운 이야기책이 있는 혼자만의 시간은 내게 말할 수 없는 위로와 충만감을 주었다. 그건 친구들과 술잔을 부딪히며 수다를 떨 때는 얻을 수 없던 것이었다.

나 자신과 사귈 줄 알게 되면서 행복이라는 말에도 조금씩 익숙해졌다. 전에는 상투적이면서도 추상적이며 나와는 관계없는 그 단어에 별 관심이 없었는데, 내가 좋아하는 것들로 스스로를 즐겁게 할 줄 알게 되니 행복이라는 말이 저절로 입가에 맴도는 것이었다. 나와의 관계가 좋아지면서 다른 사람들과의 관계도 좋아졌고, 그러다보니 혼자가 아닌 시간도 행복해졌다.

이제 조금 있으면 당신에게도 남자의 달콤한 말보다 좋아하는 브랜드의 50퍼센트 세일 정보에 더 가슴이 두근거리는 때가 올 것이며, 피상적인 인간관계에 몰입하는 일의 가치에 대해 다시 생각해보는 사건들도 생길 것이다. 어쩌면 사는 게 힘들고 이제 버틸 힘이 없다고 느껴질 수도 있다. 그렇다면 당신은 남에게서 도움을 받으려 하기보다는 자신과의 사귐에 깊이를 더해야 할 때가 된 것이다.

몇 년 전 파리에 갔을 때였다. 거기서 에펠탑이나 루브르 박물관보다 내게 더 강렬한 인상을 남긴 것은 휴일 뤽상부르 공원 풍경이었다. 거리에서 모두 사라진 사람들이 어디 갔나 했더니 죄다 거기 모여 있는 듯했다. 곳곳에 산더미처럼 쌓여 있는 의자는 공원에 놀러 온 수많은 시민들이 하나씩 가져다가 앉고도 남을 정도로 넉넉했다. 얼마간의 사람들은 지인들과 수다를 떨기도 했지만 더 많은 사람들이 혼자였다. 그들은 저마다 책을 한 권씩 들고 독서에 빠져 있었다. 아마 한국에서 일요일 오후 중년 남자가 혼자 공원에 나와 몇 시간씩 책을 읽고 있다면 그는 부부싸움을 하고 쫓겨난 남자라고 오해 받을 것이고, 정말로 부부싸움을 하고 쫓겨난 남자는 또 그렇게 보일까봐 절대로 공원 같은 곳은 가지 않을 것이다. 한 마디로 한국에서 중년 남자가 휴일에 혼자 공원에서 책을 읽으며 시간을 보내는 일은 거의 없다. 그런데 그곳에서는 남녀불문 온갖 연령대의 사람들이 남의 시선을 의식하지 않고 햇빛과 자연을 즐기며 자신과 놀고 있었다. 그 모습을 보며 나는 왜 그 도시 사람들이 풍요롭고 주체적인 정신세계를 가졌다고 소문났으며, 나이 들수록 행복도가 높아져 육십대에 최고조에 달하는지를 단번에 깨달을 수 있었다.

혼자서 먹는 밥도 꿀맛이고, 보고 싶은 영화가 개봉을 하면 지체 없이 한 개의 좌석을 예약하고, 쇼핑은 혼자 하는 게 제맛이라는 걸 알며, 끌리지 않는 사람과의 약속보다는 카페에서 혼자 책읽기를 택하는 서른 살 여자는 행복에 더 가깝다.

오래 전 한 친구가 내 단점을 지적한 적이 있다. 내가 너무 우유부단하다는 것이다. 앞에서는 그 친구의 매운 어투에 얼굴이 달아오르는 것을 느끼면서도 "그런가?" 하고 넘어갔지만, 속마음은 그리 편치 못했다. 나도 막연히 짐작하고는 있었지만 고치지 못하고 있던 면을, 피차 깊지 못한 바닥을 뻔히 들여다 보고 지내는 친구가 흠잡으니 괜히 뾰족한 마음만 솟아올랐다. 당연히 단점은 고치지 않았고 한동안 그 친구와의 관계만 서먹해졌다.

몇년 후, 나는 어떤 책을 읽다가 '우유부단함은 죄악이다'라는 주제의 단락을 접하게 되었다. 그 부분을 읽고서 충격을 받은 나는 스스로를 되짚어보게 되었고 내 단점을 극복하기 위해 무척 애를 썼다. 지금 생각해보면 미숙함과 자신감 부족이 원인이었던 우유부단한 태도는 생각보다 빠르게 고칠 수 있었고, 이후 사회생활에도 많은 도움이 되었다.

왜 똑같은 내용의 충고인데 친구의 것은 반발심을 부추겼고 책 속의 충고는 내 마음을 움직였을까?

누군가가 다른 사람에게 말을 전달할 때, 말의 내용이 신뢰도를 결정하는 비율은 10퍼센트 내외에 불과하다고 한다. 말을 전달하는 사람, 환경 등 비언어적인 요소가 나머지 90퍼센트를 결정하는 것이다. 특히 남에게 충고를 하는 것처럼 평가가 들어가는 말에 있어서는 말을 하는 사람의 권위가 상당히 큰 영향을 끼친다. 내 경우, 그 전달자가 친구였으니 이미 자격 미달이었던 셈이다. 나와 동등한 사람이 하는 충고를 비난과 구분하기란 정말 쉬운 일이 아니다.

하지만 책은 다르다. 책의 저자는 화자로서의 권위를 기본적으로 갖고 있는 데다 많은 시간 숙성시킨 생각을 말로 하는 것보다 완성도 있는 글로 써놓았기 때문이다. 게다가 내가 아니라 불특정 다수를 대상으로 했기 때문에 자존심에 상처를 받지 않고 충고를 얻을 수 있다.

영국의 소설가 도리스 레싱Doris Lessing은 "배움이란 일생동안 알고 있던 것을 어느 날 갑자기 완전히 새로운 방식으로 이해하는 것"이라고 했다. 그녀가 말한 방식의 배움은 책을 통해 사람들이 많은 것을 얻을 수 있다는 것이다. 책은 언제나 누구나가 알고 있는 것을 말하지만, 그것을 새로운 방식으로 이해하게 해준다. 자기만의 방식으로 어느 날 마음에 들어온 깨달음은 누군가의 남은 평생을 통째로 바꿔놓기도 한다. 누군가가 억지로 주입한 것이 아닌, 독서라는 능동적인 행위로 무언가를 내가 찾고 스스로 깨달았다는 것은 자부심을 느끼게 해준다.

사람들은 대부분 자신의 일생에 획기적인 변화를 가져다 줄 귀인을 기다린다. 그래서 넓은 인간관계를 가지려고 노력하고 자신을 괴롭게 하는 지인을 놓지 못한다. 그러면서도 정작 책을 읽지는 않는다. 책이 귀인을 만날 확률을 높여주는 가장 확실한 방법인데도 말이다. 내가 마음에 들지 않는 삶에서 더 나은 삶으로 방향을 바꾸던 시점에는 어김없이 책이 있었고, 그 책이 다름 아닌 귀인이었다.

대학을 졸업하고 나면 일년에 책 한 권 읽지 않는 사람들이 태반인 사실이 얼마나 안타까운지 모르겠다.

한 번은 강의를 나갔다가 이동 시간이 애매해서 근처 지자체에서 운영하는 조그만 도서관에 들어간 적이 있다. 일반 도서와 아이들 책이 거의 반반 비율로 갖춰져 있어서인지 근처 주부들이 아이들을 데리고 와 있었는데 대부분이 30~40대인 그녀들 중 책을 읽고 있는 이는 단 한 명도 없었다. 그녀들은 아이들에게 책을 읽히거나 도서관에서 주최하는 교육 프로그램에 들여보내고는 자기들끼리 서가에서 수다를 떨고 있었다. 사서가 왜 이런 상황을 방기하나 싶었더니 도서관 업무를 보는 사람도 자원봉사자이자 그녀들과 친분이 있는 동네 주민이었기에 주의를 주기보다는 함께 화기애애한 장면을 함께 연출하고 있었다. 그곳에서는 대학 도서관이었다면 대출예약을 하고 기약 없이 기다려야 했을 신간 베스트셀러들도 서가에서 먼지를 맞고 있었다. 나는 거기서 책을 고르다 책꽂이 건너편에서 한창인 그녀들의 수다를 듣게 되었다.

"우리 애는 책 읽는 걸 좋아하지 않아 걱정이야."

"말도 마. 책 한 권 읽을 때마다 오백원씩 준다고 해도 꿈쩍도 안 해."

"우리 애도 그래. 맨날 만화책만 보려고 하고. 대체 왜 비싼 전집을 사다 바쳐도 책을 안 읽는지 모르겠다니까."

나는 정말 그녀들이 그 이유를 모르는지 진심으로 궁금했다.

책은 도서관 그녀들의 생각처럼 입시와 논술에 대비하기 위해서만 필요한 것이 아니다. 삶의 질을 높이기 위한 가장 손쉬운 방법인데 왜 사는 게 팍팍하다고 하는 사람들이 책을 읽지 않는 것일까?

책이 학교 다닐 때에나 필요한 것이라고 생각하는 어른들이 많지만 나이가 들수록 더 책이 필요해지는 것 같다. 출간된 지 8년이 지난 내 책 『여자의 모든 인생은 20대에 결정된다』는 애초 이십대 중후반 직장 여성들이 대상이었다. 사회의 쓴맛을 막 보기 시작해 깜짝 놀란 그녀들이 현실에 적응하고 대비하게 하기 위해 쓴 것이다. 그러나 내 의도와 달리 독자들 대부분이 대학생이고 심지어 고등학생까지 있어 의아했다. 아니나 다를까, 종종 받아보는 독자들의 편지를 보면 그 책을 사놓고 수년이 지난 뒤 제대로 읽었다는 고백이 꽤 있다. 대학 시절, 너무나 현실적인 내용에 거부감이 들어 앞부분만 읽고 그만두었다가 몇 년 후 우연히 다시 펼쳐든 책의 내용에 뒤늦게 깊이 공감하게 되었으며 실질적으로도 많은 도움을 받았다는 식이다. 그녀들이 같은 책을 다르게 읽은 것은 다름 아닌 경험 때문이다. 일반의 생각대로 경험이 많아서 책이 필요 없는 게 아니라, 경험 덕에 책에서 더 많은 것을 얻을 수 있는 것이다.

나는 몇 년째 딸아이에게 밤마다 잠자리에서 책을 읽어주고 있다. 전래동화에서 시작해 세계 명작, 위인전까지 대부분 내가 학창 시절 이미 읽었던 책들이다. 그런데 나는 매일 그 책들을 읽으며 같은 책을 읽고도 어린 시절에는 알 수 없었던 것들을 깨닫곤 한다. 딸이 지루해하는 정채봉 동화의 자연 묘사 부분에서는 가슴이 시리고, 『빨강머리 앤』에서 딸은 헤아리지 못하는 마릴라의 속내를

짚어보기도 한다. 그러다보니 책을 읽어주다가 눈물이 나 영문 모르는 딸 앞에서 난감해질 때가 한두 번이 아니다. 대부분의 좋은 책들은 읽는 이의 경험치에 따라 얼마든지 확장될 수 있는 세계를 갖고 있으며 학창 시절에만 잠깐 읽고 멈춰 버리기에는 독서의 유익함이 매우 크다.

그동안 여성들을 위한 책을 써왔기 때문에 나를 만나는 20~30대 여자들은 대부분 저마다의 고민을 털어 놓는다. 거기에 할 수 있는 한 성의껏 조언을 해주기는 하지만 나는 그녀들이 내 이야기는 잠깐 참고만 하고 잊을 것이라는 걸 잘 알고 있다. 남에게 조언을 구한다는 것은 자신이 듣고 싶은 이야기를 남의 입으로 듣고 싶다는 뜻이다. 해답은 결국 자신이 찾는 것인데 그 해답이라는 것이 아무것도 없는 허공에서 UFO처럼 나타나는 것이 아니다. 세상에 이미 있는 수많은 해답의 산더미를 뒤져 내가 필요로 하는 나만의 정답을 찾는 것이다. 그 해답의 산더미가 다름 아닌 책이다. 그래서 고민하는 그녀들에게 마지막에는 책을 찾아 읽으라고 말해주지만 아무래도 형식적인 답변이라고 생각하는 것 같다.

출판계 최대의 고객층에 속하며 이미 이 책을 읽고 있는 당신은 입시용 고전문학 요약본을 읽은 게 전부인 독서 초보 단계는 벗어나 있을 것이다. 어떤 책을 읽을까 고민하거나 고른 책이 값을 못할까봐 고민하느라 너무 많은 시간을 들이지 말자. 조급하게 마음먹지 말고 많은 책을 읽다 보면 어딘가에서 툭, 나타난다. 의외로 터닝 포인트에서 천금 같은 나만의 깨달음을 주는 책은 남들이 좋다는 책이나 저작으로서 높은 가치를 가지는 책이 아닐 수도 있다. 그러니 남들의 책 추천에 너무 의존하지 말자. 어쩌면 당신이 책을 찾는 것이 아니라, 책이 당신을 찾아낼 수도 있다. 그 과정은 무언가를 너무 쉽게 얻으려고 하지 않고 질기게 지속할 수 있는 사람들, 즉 온화한 독종들만이 감내할 수 있다.

서른 무렵에 생기는 숱한 고민들은 그에 관련된 제대로 된 책 다섯 권만 읽어도 무언가 감을 잡을 수 있게 된다. 당장 해결까지는 아니더라도 최소한 어디로 가면 답을 찾을 수 있을지 힌트라도 얻는다. 어설픈 소설이 판치는 인터넷 게시판을 뒤지거나 고만고만한 친구들과 신세한탄을 주고받는다고 해결되는 건 아무것도 없다. 단언하건대, 고민에 대한 해답을 얻겠다고 한 달 해외여행을 하는 것보다 한 달 도서관에 틀어박혀 있는 것이 문제 해결에는 훨씬 도움이 될 것이다.

서른이 제일 예쁘다

성탄절에 발레 〈호두까기 인형〉을 보러간 적이 있었다. 그 발레단의 공연에서는 여주인공 마리의 역할이 2인 1역이었다. 전반부 현실세계에서의 마리를 연기한 건 십대 소녀 무용수였는데, 가냘프고 청초한 소녀의 모습이 얼마나 사랑스러웠는지 별다른 기술 없이 무난한 동작을 반복하는데도 보는 즐거움이 있었다. 나중에 마리가 환상의 나라로 여행을 떠나는 장면부터 성인 발레리나가 연기하는 다른 마리가 등장했다.

처음에는 첫 번째 마리의 요정 같은 모습이 보이지 않아 어딘가 아쉬웠지만 그 아쉬움은 오분도 채 되지 않아 날아가 버렸다. 앙증맞게 무대를 떠다닐 뿐이었던 어린 마리와 달리 그 발레단 프리마 발레리나가 연기한 마리는 현란한 기술로 무대를 장악했고, 깊이 있는 연기로 감동을 주었다. 무엇보다 그녀는 아름다웠다. 몸에는 오랜 시간의 훈련으로 다져진 근육의 음영이 또렷했고, 우아하면서도 절도 있는 움직임에서는 짙은 향기가 났다. 그건 확실히 십대 소녀만이 가질 수 있는 싱그러운 아름다움은 아니었지만 보다 매력적이었고, 나를 비롯한 관객들도 그런 아름다움을 보러 극장까지 간 것이었다.

서른 살 여자의 아름다움도 그런 것이다.

나는 요즘 젊은 여자들이 이십대 중반만 되어도 피부가 예전 같지 않다며 자신감을 잃어가는 것을 볼 때마다 깜짝 놀란다. 그것이 자신의 젊음과 아름다움을 반어적으로 과시하기 위한 것만이 아니라는 것 또한 안다. 인생에서 생체적 에너지가 가장 왕성한 스무 살 전후를 지나 젊음이 이울기 시작했다는 것을 생애 처음으로 눈치채는 시기이니 말이다. 아마 그녀들은 몇년 후 자신들이 태어나 가장 사랑스러운 얼굴을 거울 속에서 발견하게 될 것이라는 사실을 짐작도 할 수 없을 것이다.

스무 살의 아름다움은 유전자와 행운의 결합이다. 그러나 그 이후의 아름다움은 자신이 만들어 나가는 것이다. 그래서 서른 즈음부터 유전자의 축복을 받은 이들과 그렇지 못했던 이들 사이에서 역전 현상이 심심치 않게 벌어진다.

후천적인 아름다움을 결정하는 것은 표정과 태도, 자신에게 어울리는 옷차림과 화장 등인데, 이것은 이전에 우리가 알고 있던 것보다 훨씬 더 중요한 아름다움의 요소이다. 문제는 이런 것들이 짧은 시간 반짝 신경 쓴다고 얻어지는 게 아니라는 것이다. 오랜 시간에 걸친 자기 이해와 공들인 안목이 필요한 일이다. 그래서 내가 아는 수많은 여자들은 서른 무렵이 되어 다시 만났을 때 오히려 더 아름다워져 있었다.

A에게는 차마 버릴 수는 없지만, 그렇다고 다시 보고 싶은 마음은 더더욱 들지 않는 결혼 앨범이 있다. 그녀는 결혼 직전까지 외출 전 얼굴에 분을 치덕치덕 바르는 것으로 자기 외모에 대해 충분히 성의 표시를 했다고 믿는 이십대 여자였다. 결혼식 당일에도 화장과 머리를 해주는 전문가가 자신보다는 나을 것이라고 생각해 그녀에게 모든 것을 맡겼는데 어째 거울 속에서 변해가는 모습이 이상했다.

"저…… 앞머리를 몽땅 올리니까 이상한 것 같은데요. 화장도 너무 진하고요."

그녀의 말에 미용사는 자존심 상한 목소리로 쏘아붙였다.

"제가 신부 머리 한두 번 해보는 줄 아세요? 결혼식 날 신부는 무조건 시원하게 앞머리를 올려야 예뻐 보인다고요! 그리고 화장도 이 정도는 해줘야 사진에 뚜렷하고 예쁘게 나와요. 거울로 그냥 이렇게 보는 것하고는 달라요."

"그…… 그런가요?"

안목도, 자기 얼굴에 대한 이해도 전무했던 그녀는 그 상태를 개선하기 위한 그 어떤 의견도 고집할 수 없었고 결과는 참혹했다. 지인들 사이에서 결혼식 날 자기 인생에서 제일 못생겨 보인 여자로 두고두고 회자될 정도였으니 말이다. 결혼 앨범을 처음 받아본 날, 그녀는 그 미용사를 '내 인생을 망친 인물들' 명단 첫 줄에 올리고 평생 저주할 거라고 길길이 날뛰었다.

몇 년 뒤 A는 친구의 결혼식에 가게 되었는데, 신부의 모습을 보고 깜짝 놀랐다. 이십대 중반에 결혼한 그녀보다 삼십대 초반인 친구의 모습이 수십 배는 젊고 아름다워 보였던 것이었다. 화장은 세련되었고, 머리 모양도 우아하면서도 자연스러웠다. A는 자신과는 달리 친구가 실력 있는 미용사를 만났나 보다 했다. 하지만 나중에 친구와 모임에서 따로 만났을 때 그녀는 뜻밖의 이야기를 들었다.

"말도 마. 그렇게 하려고 내가 얼마나 싸웠는지 아니? 머리며 화장이며 내게 어울리는 건 고려하지도 않고 자기 공식대로만 하려고 하잖아. 나만큼 내 얼굴을 잘 아는 사람이 어디 있다고! 결혼식 전에 기분 상해버렸지만 후회는 없어."

A는 친구의 말에 찔린 듯 놀랐다. "나만큼 내 얼굴을 잘 아는 사람이 어디 있냐"는 말이 구간 반복되고 있는 녹음기처럼 가슴에 맴돌았다. 그제야 A는 자신의 끔찍한 결혼식 사진이 나오게 된 것은 자신에게 더 많은 책임이 있다는 것을 깨닫게 되었다.

자신의 내면은 물론 외면도 잘 알게 되는 서른 무렵에는 자기이해 능력과 함께 그것을 관철시킬 수 있는 뚜렷한 주관도 생긴다. 서른을 넘겨 결혼한 친구가 A와 달리 자신에게 잘 어울리는 모습을 마음속으로 그려내고 전문가를 상대로 자기 의견을 밀어붙일 수 있었던 것은 어찌 보면 당연한 일이다. 반면 A는 이른 나이에 결혼했기 때문에 수많은 시도와 시행착오를 거쳐 자기 스타일을 알아내고 뚜렷한 자기 주관을 갖출 시간이 아무래도 부족했다.

삼십대는 자신에 대한 깊은 이해가 외양으로 투영된 아름다움과 아직 남아 있는 생물학적 아름다움이 절묘하게 교차하는 시기이다. 그래서 그 무렵을 사는 대부분의 여자들은 가장 자기다운 아름다움을 지니게 된다. 그런데도 많은 삼십대 여자들이 자신이 뿜어내는 아름다움을 의식하지 못하고 탄력을 잃어가는 턱선과 잔주름이 늘어가는 눈가에만 집착해 한숨을 쉬는 것을 보면 내가 다 속상하다.

여자로서 아름다울 수 있는 때는 이미 지났다며 자신을 가꾸는 것을 포기하는 여자들도 안타깝기는 마찬가지이다. 내실 있는 아름다움이 외모에 신경 쓰지 않는 것을 뜻하는 것은 아닌데 말이다. 여배우에게도 엄격하게 지성을 요구하며 꾸미지 않아도 어딘지 모를 세련된 아름다움이 뚝뚝 떨어지기로 소문 난 프랑스 여자들이 실은 "아름다움을 위해 투자한 시간은 결코 손해 보는 일이 없다"는 신조로 산다는 것만 봐도 알 수 있는 일이다. 그녀들은 극단적인 다이어트를 하지는 않지만 평생 살찌지 않도록 신경 쓰며 아름다움을 위해 하는 노력 자체를 숭고하고 아름다운 것으로 본다. 외모에 신경 쓰지 않는 게 아니라 외모가 내면과 조화되도록 애쓰는 것이 프랑스식 아름다움인 것이다. 어떤 종류건 가꾸지 않고도 아름답기를 바라는 건 뭘 모르거나 염치없는 것 둘 중 하나이다.

자신의 얼굴을 만들어가라

서른 살은 자신의 아름다움에서 후천적인 요소를 조금씩 강화해야 할 나이이다. 살아온 날들이 반영되어서 나타나는 아름다움 말이다. 확실히 서른 살 여자는 스무 살 미인처럼 만난 지 삼초 안에 "저 사람은 예쁘다"라고 판단하게 하지는 않는다. 하지만 함께 시간을 보내고 이야기를 나눌수록 점점 더 아름다워 보이는 신기한 매력을 가진다.

연구 결과에 따르면 외모가 아름다운 사람일수록 나이가 들면서 삶의 만족도가 떨어질 가능성이 높다고 한다. 비범한 아름다움을 가진 사람들은 미모로만 평가를 받기 쉬운데 생물학적 아름다움은 나이 들수록 가치를 잃기 때문에 그에 따라 상실감도 커지는 것이다. 종종 같은 인간으로서 이질감을 느낄 정도로 아름다웠던 젊은 여배우가 몇 년 지나지도 않아 절정을 넘겨버린 모습을 보일 때면 인간의 타고난 아름다움이란 게 얼마나 덧없는 것인가를 새삼 느끼게 된다.

몇 년 전, 어머니를 어느 모임에 모셔다 드리다가 한 아주머니와 마주친 적이 있었다. 웃으면 눈이 반달 모양이 되는 오십대 후반의 후덕한 주부였다. 나중에 어머니는 그 분의 첫인상이 어때 보였냐고 내게 물으셨다.

"어떻긴요? 인상 좋고, 평범해 보이는 아주머니였죠, 뭐."

그러자 어머니는 빙그레 웃으며 이렇게 말씀하셨다.

"그 동생이 젊었을 때는 못생기기로 유명했어. 아는 사람들 사이에서 이름이 생각 안 나면 '그 못생긴 애 있잖아' 하면 서로 다 알아들을 정도였지. 그런데 나이 들고 보니 다 비슷비슷해지네."

내가 본 그 아주머니는 정말 한때 피할 수 없는 추녀였다는 사실이 믿기지 않는 얼굴을 하고 있었다. 오히려 웃는 표정이 푸근해서 젊은 시절 꽤 미인이었겠다고 생각해볼 수도 있을 얼굴이었다. 나이 들어서의 얼굴은 본인이 만드는 거라는 말이 진실이라는 것을 다시금 깨닫는 순간이었다. 어찌 보면 신이 공평하다는 생각이 들기도 한다.

서른은 조금씩 자신의 얼굴을 만들어가기 시작하는 나이이다. 말할 수 없이 아름답지만 눈 깜짝할 사이에 지는 꽃과 같은 화사한 아름다움이 아니라 경이로움과 만족감을 불러일으키는 열매의 아름다움 말이다. 이때까지도 이십대가 아니면 가질 수 없는 종류의 아름다움에 집착한다면 그 어느 것도 얻지 못하고 처연하게 나이 들 수밖에 없을 것이다. 반대로 비로소 자기 자신을 이해하고 성숙한 아름다움을 즐길 수 있다면 축제 같은 날들을 살게 될 수도 있다.

로코코 시대의 프랑스 궁정화가 엘리자베스 비제 르브룅Elizabeth Vige Lebrun은 많은 자화상을 남겼다. 그녀가 나이 들어가는 자신을 그린 그림을 보면 스스로를 얼마만큼 사랑했는지 알 수 있다. 스물두 살에 그린 자화상에서는 갓 피어난 꽃처럼 청초한 아름다움이 묻어나지만, 서른다섯 살의 자화상에서는 연륜과 함께 지적이고 힘 있는 아름다움이 엿보인다. 여자가 그림을 그리면 인생을 망친다고 여겨지던 시대에 태어나 왕비의 초상화를 그리는 특급 화가로까지 성장한 자부심이 그림에 반영된 것이다. 그녀의 화풍이 워낙 실제보다 낫게 그리는 게 특징이라고는 하지만, 나이 들어가는 그녀는 자신의 장점을 정확히 집어내는 눈이 생겼기에 오히려 세월이 갈수록 특유의 아름다움을 발산하는 자화상을 그릴 수 있었던 것이다. 서른 살 여자라면 그런 자화상 하나쯤 가슴에 그려 간직할 수 있어야 한다. 그런 자화상은 끝까지 자신의 아름다움을 포기하지 않고 독하게 안팎을 닦음질한 여자들만이 가질 수 있는 것이다.

이십대의 아름다움이 남을 의식하는 아름다움이라면 삼십대의 아름다움은 자기 자신을 가장 의식하는 아름다움이다. 그래서 거울 속의 자신을 아름답다고 생각할 수 있는 삼십대 여자라면 지금 행복한 것이다.

17

너무 기 쓰고 살지 않기

인생의 목표로 삼아야 할 두 가지가 있다.
먼저 당신이 원하는 것을 얻는 것. 그리고 그것을 즐기는 것이다.
가장 현명한 사람만이 두 번째 것을 성취할 수 있다.

로건 피어선 스미스

나 자신과 바꿀 수 있는 성공은 없다

K는 회사에서 인정받으면서 일 잘하던 커리어 우먼이었다. 하지만 일이 고된 탓인지 두 번이나 자연유산이 되어 눈물을 머금고 사표를 냈다. 집에서 안정을 취한 덕에 세 번째 아기는 지킬 수 있었고 무사히 출산도 했다. 처음 한동안은 딸을 얻은 것만으로도 기뻤다. 하지만 이년 동안 육아와 집안일에만 매달려 있자니 갑갑하고 자신이 무능하게 느껴지기 시작했다. 그러나 전문직도 아니고 경력 단절이 있었던 그녀가 쉽게 재취업을 할 수 있을 리 만무했다.

그러던 중 K는 방송 프로그램 제작사에서 일하는 선배가 새 프로그램 제작에 들어간다는 소식을 듣고 스태프로 일할 수 있게 해 달라고 부탁했다. 전부터 관심이 있었지만 대기업 입사에 성공하면서 접게 된 프로듀서의 꿈을 이루고 싶어서였다. 일이 힘들고 고되다는 것은 알고 있었지만 전문직이므로 실력만 쌓으면 인정받고 그 일을 계속할 수 있을 것 같았다. 어려서부터 마음먹은 일은 무엇이든 해내던 자신이었으니 이번에도 성공할 수 있을 것이라는 확신이 있었다.

"며칠씩 집에 못 들어가는 일이 다반사이고, 펄펄 나는 이십대 애들도 픽픽 쓰러져 나가는 게 이 바닥이야. 애도 있는 네가 무슨 수로 버티려고 여기 일을 하겠다는 거야?"

"애는 친정 부모님이 봐주실 거고, 건강에는 자신 있어요. 그 힘들고 아픈 출산도 했는데 그걸 못 견디겠어요? 지금이라도 시작하지 않으면 영영 전업주부로 지내게 될 것 같은데 그거 내 적성은 아니더라고요. 전 지금 죽기 살기로 선배한테 매달리는 거라고요. 저도 일할 수 있게 해주세요.”

결국 그녀는 선배를 설득해서 연출부 스태프로 일을 시작하게 되었다. 워낙 일을 잘하는 데다 열정까지 있던 그녀는 일을 빨리 배워 나갔다. 그렇게 해서 첫 작품이 끝날 때까지 K는 무사히 제몫을 다 할 수 있었고, 세 번째 작품에서는 조연출로 계약할 수 있었다.

이처럼 그녀는 일에 있어서는 순항 중이었지만 개인 생활은 그렇지 못했다. 저녁 때까지는 부모님께 맡기더라도 밤에는 그녀가 딸을 돌보아야 했고, 그나마도 집에 들어가지 못하는 날이 많아 그 일을 남편이 도맡다시피 했다. 하루에 서너 시간밖에 못 자면서 나름대로 육아와 집안일에도 신경을 쓰고 있던 그녀는 점점 불만을 표현하는 남편과 싸움이 잦아졌다.

그녀는 자신의 꿈을 위해 열심히 살면서도 바쁜 엄마 때문에 딸이 다른 아이들보다 뒤처지는 것은 싫었다. 그 와중에 영어 조기교육 정보를 얻으러 다녔고 밤마다 영어 동화책을 읽어주려고 애썼다. 하지만 시간이 지날수록 체력이 떨어져 일과 가정 양쪽에서 평균 이상으로 일하는 것이 점점 어려워지기 시작했고 생각만큼 모든 것을 잘 해내지 못하는 것에 대해 스트레스를 받았다. 꿈꾸던 일을 하면서 뭔가를 이루어낼 때는 좋았지만 짜릿한 기분은 잠깐, 늘 피로와 죄책감에 시달리는 날이 이어지고 있었다. 몸이 말을 안 듣는다 싶은 날이 계속되던 여름의 어느 아침, K는 출근길에 과로로 쓰러졌고, 실려 간 병원에서 검사를 받다가 위암을 발견하게 되었다.

결국 K는 모든 것을 포기하고 암 치료에 들어갔다. 다행히 암이 많이 진행된 것은 아니라 생존 확률이 높다는 의사의 말을 들었다. 의사가 뚜렷한 소견을 보인 건 아니었지만 K는 몇 년 동안의 모진 스트레스 때문에 암이 생긴 것이 틀림없다고 생각했다. 이제 멀어져 버린 꿈이 문제가 아니었다. 그녀는 자신이 살아온 인생에 대해 의문을 제기하지 않을 수 없었다.

'난 열심히 살았을 뿐인데, 왜 얻은 것은 몹쓸 병뿐일까? 어디서부터 잘못된 거지?'

분명 열심히 사는 것은 중요하다. 어떤 분야건 열심히 하지 않고 만족을 얻는다는 것은 불가능하기 때문이다. 게으르기만 할 것 같은 노숙자들조차 여러 무료급식소 정보를 얻고 그곳까지 걸어서 찾아가는 열성은 있어야 먹고 산다는데, 오늘보다 나은 내일을 꿈꾸며 사는 우리들이야 어떻겠는가.

열심히 하는 것은 선택이 아니라 기본의 문제이다. 자신을 태울 것처럼 열심을 다해 본 적이 없는 사람은 무리를 하다 병까지 얻은 K를 미련하다 비난할 자격이 없다.

문제는 어떤 사람들은 K처럼 하루를 살고 죽을 사람처럼 애를 쓰는 것만을 열심히 산 것으로 착각한다는 것이다. 꿈을 이루고 그 결과를 즐기며 살 수 있게 된다는 것은 기나긴 여정이며, 노력을 잘게 쪼개고 길게 늘여 배치해야 오래 지치지 않고 달릴 수 있다. 그래서 인생이 마라톤이라는 오랜 비유도 나온 것이겠지만, 삶은 분명 마라톤과 다른 점이 있다. 마라톤은 초반에 선두 그룹에 들지 못한 사람이 우승할 가능성이 거의 없지만 인생은 그렇지 않다. 초반 선두 그룹에서 승자가 나올 가능성이 더 높은 것은 부인할 수 없지만 늦은 출발을 한 사람에게도 기회는 있다. 천천히, 그러나 멈추지 않고 달리다 보면 저만치 앞서 달리던 선두 그룹을 앞지르는 경우가 심심치 않게 벌어진다. 그리고 결정적으로, 인생에서는 나중에 되돌아보면 일등을 하는 것이 별 의미가 없다.

갈라파고스 거북은 평균수명이 180년인데, 이 느려터진 파충류가 다른 동물은 물론 인간보다 훨씬 오래 사는 이유는 바로 그 '느림' 때문이다. 500킬로그램이나 나가는 덩치이면서 일분 동안 고작 사 미터밖에 움직이지 못하며 심장박동이 한 시간에 여섯 번에 불과하기 때문에 에너지 소모량이 적어 오래 살 수 있는 것이다. 마찬가지로 어떤 일에 폭발하듯 모든 것을 다 쏟아내는 사람은 그 일에서 오래 버틸 수가 없다. 갈라파고스 거북처럼 느리게, 그러나 포기하지 않고 가는 사람만이 끝까지 남아 성취의 기쁨 같은 것을 맛볼 수 있다.

자기 분야에서 어느 정도 자리를 잡은 사람들의 이야기를 들어보면 의외로 공통된 직업관이 나온다. 자기 일에 대단한 신념이 있고, 거창한 목표가 있어서 이를 악물고 달려온 게 아니라 하루하루 버티다 보니 여기까지 왔다는 것이다. 오래 전 함께 일을 시작한 동기들 중 꼭 성공할 것이라고 전의를 불태우던 이들 중 오히려 남아 있는 사람이 거의 없다는 게 아이러니라는 것도 빠지지 않는 그들의 전언이다.

여기 또 한 명의 여자가 있다.

C는 대학을 졸업하자마자 결혼을 했고 또 결혼하자마자 아이를 낳는 바람에 자기 일을 해볼 기회가 없었다. 하지만 그녀는 그림을 그리고 싶었다. 반드시 직업 화가가 되어야겠다는 야망이 있는 것은 아니었지만 그림을 보는 것을 좋아했고, 잘 그린 그림을 볼 때마다 자신도 그림을 잘 그리고 싶다는 욕망에 가슴이 떨렸다. 그래서 정식으로 그림을 그려 보기로 결심했다. 하지만 태생적으로 몸이 약했던 그녀로서는 잠을 줄이고 밥 먹을 시간을 아껴가면서 그림을 그리는 게 무리였다. 대신 시간을 정해 두세 시간 동안 그림을 그렸고, 무슨 일이 있어도 그 시간에 다른 일정은 잡지 않았다. 어쩌다 사정이 생겨 스스로 한 약속을 지키지 못해도 자책하지 않고 다음 날부터 자신만의 일정으로 돌아갔다. 그녀의 이런 습관은 마흔이 넘어서까지 이어졌고, 그 사이 몇몇 미술전에서 수상도 했다. 드디어 개인전까지 열게 된 C의 초청장을 받은 친구들은 모두 깜짝 놀랐다.

"세상에, 애들 교육 시키고 남편 뒷바라지하면서 언제 이런 걸 했어? 그 긴 시간 동안 얼마나 힘들었을까?"

"그러게. 그동안 그림 배운다는 말도 안하고……. 너 독종이라는 거 이제 처음 알았다. 앞으로 어떻게 될 줄 알고 기약도 없이 그 긴 시간을 투자했니?"

친구들의 부러움 섞인 감탄에 그녀는 이렇게 말했다.

"힘들긴. 내가 그동안 거의 매일 그림을 그리긴 했지만, 그 시간 동안 아침 드라마를 봤건 동네 아줌마들이랑 수다를 떨었건 십오 년이라는 시간이 지나간 건 마찬가지잖아. 어차피 이러나저러나 똑같이 흘러갈 시간, 나는 내 꿈에 가까운 나 좋은 일을 하면서 시간을 보냈을 뿐이야."

C는 앞서 이야기에서 방송 프로듀서를 꿈꾸던 A와 달리 기 쓰고 꿈에 매달리지 않았다. 그러나 결과적으로 꿈에 더 가까이 다가간 건 보다 덜 치밀하고 덜 뜨거웠던 C쪽이었다. 물론 투지를 가지고 덤비는 이들이 모두 A처럼 좌절하는 것은 아니다. 오히려 남들보다 더 빨리 성공하고 꿈을 이룰 수도 있다. 반대로 C처럼 무리하지 않은 노력을 숨을 골라가며 투자한 사람은 중간에 변수가 생기면 꿈을 접기 십상이다. 그러나 꿈을 이룬 사람이 모두 그 꿈으로 행복할 수 있는 건 아니며 오히려 스트레스가 더 많아질 수도 있다.

어느 대학병원의 자체조사에 의하면 한국의 대기업 임원 네 명 중 한 명은 우울증을 앓은 경험이 있다고 한다. 또 미국의 한 연구소에서는 사람들이 일찍 출세할수록 단명한다는 연구 결과를 내놓기도 했다. 일례로 노벨상을 평균보다 이른 나이에 수상한 과학자들의 평균 수명은 다른 수상자들보다 칠년이나 짧다고 한다.

너무나 많은 것을 희생해서 꿈에 투자한 사람은 꿈에 닿았건 그렇지 못했건 반드시 배신감을 느끼게 되어 있다. 성공은 결과이지 목적이 아니라는 플로베르Flaubert의 말에 귀를 기울여야 하는 이유이다. 사람이 자신이 하는 일에서 성공할 확률은 10퍼센트가 채 되지 않는다고 한다. 그렇다고 나머지 90퍼센트의 삶을 실패로 규정하고 그 인생이 불행하고 가치 없다고 할 수는 없는 일이다. 이루지 못한 꿈조차 추억으로 간직하고 행복하게 잘사는 이들도 많고, 이를 악물고 모든 것을 희생해서 10퍼센트에 든다고 해도 행복이 담보되는 것은 아니다.

많은 것을 쏟아부었더라도 본전 생각이 나지 않을 수 있는 이십대에는 한 번쯤 영혼에 몸살이 들 정도로 기합을 넣어도 좋다. 하지만 서른인 당신은 다르다. 무언가를 이루고 싶다면 욕망을 일시불이 아닌 할부로 풀어낼 줄 알아야 한다. 물론 그게 어렵다는 것은 잘 안다. 꾸준히 하는 것이라면 비타민 하나 챙겨 먹는 것조차 어려운 게 사람이니 말이다. 하지만 이제는 그런 종류의 노력을 할 수 있는 사람이 되어야 한다.

주변에서 자신의 노력으로 자신만의 세계를 이루어낸 사람들을 만나다 보면 평범해 보이는 그들에게서 딱 한 가지 뚜렷하게 다른 점을 발견할 수 있다. 취미나 운동 등 자기관리에 관한 것을 일단 시작하면 오랫동안 한다는 것이다. 근육 운동이나 요가 등의 운동을 시작했다는 말을 언뜻 들은 것 같은데 몇 년이 지난 뒤에도 그걸 하고 있다는 말을 듣게 되는 것이다. 대개의 사람들은 무언가를 시작하고 일정한 시간이 흐르면 그 일을 중단할 명분을 찾는다. 혼자 하는 근육 운동이 효과가 없다는 말을 듣고는 헬스클럽을 알아보다가 흐지부지 그만두기도 하고, 등산하면서 종아리가 굵어졌다는 연예인 소식을 듣고 당장 중단하기도 한다. 강사들이 툭하면 근육을 다쳐 침 맞으러 온다는 한의사의 말을 들으면 요가가 할 게 못되는 운동인 것처럼 생각한다. 수영을 배우다가 소독한 물 때문에 피부가 거칠어졌다는 추측을 하기 시작하면 느닷없이 수영장 갈 시간이 없는 것처럼 느껴지기도 한다. 하지만 뭔가를 해낸 사람들에게는 어떤 일이 있어도 하던 것을 그냥 진행하는 습성이 있다. 그들의 특별함은 목덜미에서 힘을 빼고도 작은 일을 멈추지 않을 수 있는 데에서 나오는 것이다.

그런 능력은 거창한 사업을 일구거나 시대를 대표하는 인물이 되는 데에만 필요한 것이 아니다. 세상 사람들은 그저 평범하고 행복하게 살고 싶다고 쉽게 말들 하지만, 사람이 평범한 삶을 사는 건 그리 쉬운 일이 아니다. 평범하고 마음 편한 삶이란 것은 수많은 고비와 성취의 단계를 넘어야 얻을 수 있는 것이다. 노력을 멈추지 않을 수 있는 것은 평범한 사람이 자기 인생 안에서 승리자가 되는 데에도 꼭 필요한 능력이다. 그것은 갖추기는 어렵지만 뛰어난 두뇌나 천부적인 예술 감각처럼 타고나야만 얻을 수 있는 것도 아니다.

가끔 삼십대 여자들이 지나치게 가혹하게 자신을 몰아대는 모습을 본다. 어떤 일이든 완벽하게 하고 싶어 하고 너무 많은 일을 하려고 한다. 삼십대라는 시기를 열심히 살았다는 증거를 스스로에게 보이고 싶어 하는 것이다. 하지만 심리학자들은 너무 많은 일을 하려고 하는 것은 오히려 낮은 자존감을 암시한다고 말한다. 그녀들은 자신에게 말해주고 싶은 것이다. 이렇게 많은 일을 하니까 그만큼 나는 훌륭하고 중요한 사람이라고. 너무 가혹한 인생 과제로 자신을 몰아대기보다는 그 시간에 자신에 대해 좀 더 생각하고 꼭 해야만 하는 가장 중요한 일을 골라낼 수 있는 게 더 가치 있는 일임을 알아야 한다.

정치에 입문하고서도 시원스러운 승리를 한 적이 없고 선거에서도 여러 번 패했다가 나이 오십이 넘어서 처음으로 성공다운 성공을 한 게 하필 미국 대통령 당선이었던 사람, 링컨Lincoln이 한 말이 있다.

"나는 천천히 가는 사람입니다. 그러나 뒤로는 가지 않습니다."

아마 암살을 당하지 않고 천수를 다했다면 그는 꽤나 행복한 사람으로 살았을 것이다. 천천히 가되 뒤로만 가지 않는다면 자신을 가혹하게 몰지 않아도 원하는 삶으로 나아가게 되어 있다. 이미 청춘을 힘들게, 열심히 살아낸 당신에게 필요한 것은 자신을 향해 채찍을 드는 것이 아닌, 끊임없이 자신을 일으켜 세우는 종류의 독함이다.

18

인생의 겨울, 어른스럽게 보내기

배워야 할 것이 있다면 인생의 겨울에 배워라.
인생의 봄이 오면 당신은 누구보다 철저하게 준비된 사람이
되어 있을 것이다.

레슬리 가너

지옥을 통과하는 중이라면 계속 걸어가라

고난을 통해서 사람이 성숙한다든지, 성공의 어머니는 실패라든지 하는 말들은 모두 맞는 말이다. 이론의 여지없이 틀림없다. 그러나 막상 어려움 안에 들어가게 되면 거기서 빠져 나오기 전까지는 앞에 열거한 말들은 귀에 들어오지 않기 마련이다. 그저 이 순간, 세상이 끝난 것 같을 뿐이다. 미래가 없는데 여기서 무얼 배우고 말고가 왜 중요한지 당시에는 이해할 수 없다. 그럴 때는 처칠이 한 말을 기억하는 수밖에 없다.

"지옥을 통과하는 중이라면 계속 걸어가라."

전보다 세상경험이 많아지고 대처할 수 있는 능력이 생겼다고 해도 여전히 어려운 일이 생기면 발아래가 꺼지는 듯한 기분이 느껴지는 게 사실이다. 그 순간의 아찔함은 아무리 나이가 들어도 덜해지지 않는다. 다른 점이 있다면, 이제는 제정신으로 돌아와 가야 할 길을 다시 걸어가기까지 걸리는 시간이 짧아졌다는 것이다.

여자들은 힘든 일이 생겼을 때 상황을 직접 돌파하기보다는 기분이 나아지는 것에 더 중점을 두는 경향이 있다. 직장에서 문제가 생겨 동료들에게 배신을 당하고 권고사직을 당한 상황을 가정해보자. 여자들은 직장에서 받은 상처와 배신감 때문에 무척 고통스럽다. 사회생활을 다시 할 생각만으로도 몸서리가 쳐지고 당분간은 재취업할 엄두가 나지 않는다. 여자는 저축한 돈을 가지고 외국으로 나가기로 한다. 새로운 땅에서 모든 것을 잊고 지내면서 틈틈이 영어 공부라도 해놓으면 나중에 일을 다시 시작할 기운이 날 것이라고 믿는다. 그러나 남자들이라면 좀 다르다. 반강제로 사표를 쓴 것이든 배신을 당한 것이든 일단 재취업을 해야 그 문제는 해결되는 것이다. 마음에 큰 상처를 입었지만 그것을 치유하는 가장 확실한 방법은 실직이라는 눈앞의 위기 상황에서 벗어나는 것이라고 여긴다. 그게 해결되지 않은 상황에서 따로 자기를 위로하기 위한 일들이 왜 필요한지 이해하지 못한다.

이런 경향 때문에 여자들이 문제해결 능력이 떨어진다고 보는 사람들도 있지만, 꼭 그렇지만도 않다. 삶의 문제들 중에는 사람의 힘으로 매듭짓고 해결할 수 없는 것들이 더 많다. 그런 상황에서라면 문제를 없애는 것보다는 그 문제를 바라보는 내 마음을 바꾸는 게 더 중요할 수도 있다. 그래서 긴 고난의 터널에서 더 오래 살아남는 건 여자들일 수 있다.

악어의 알은 어미가 땅에 묻는 깊이에 따라 태어날 새끼의 암수가 결정된다고 한다. 그 원인은 온도차와 관련이 있는데, 악어 알은 온도가 섭씨 30도 미만이면 암컷이 되고 섭씨 34도 이상이면 수컷이 된다. 그리고 그 사이의 온도에서는 암수가 골고루 태어난다. 더 재미있는 것은 사람도 비슷한 영향을 받는다는 것이다. 독일 과학계는 악어뿐 아니라 사람도 추운 시기에 여자 아이들이 더 많이 태어난다는 보고를 내놓았다. 자연 성비를 보면 지구상의 대부분의 동물에서 수컷이 태어나는 비율이 조금 앞서지만, 언제나 위험을 감지한 생명들은 암컷을 더 많이 세상에 내보낸다. 그 이유는 간단하다. 위기 상황에서 종을 유지하기 위해서는 수컷보다는 암컷의 생존이 훨씬 중요하기 때문이다. 자연은 그래서 모든 암컷에게 보다 높은 저항력과 생존력을 주었다.

자연의 일부인 인간 여자들 역시 상대적으로 작은 덩치, 약한 근력과 별개로 위험에 강한 존재이다. 여자들은 상대적으로 긴 수명, 보다 높은 암 생존율, 극한 상황에서의 높은 생존율 등을 보인다. 남녀불문 독한 여자를 경계하지만 여자 자체가 원래 독한 존재인 셈이다.

우선 자신을 믿어라. 사람은, 더군다나 여자는 어떤 어려움도 생각보다 잘 극복해나갈 수 있는 능력이 있다.

고난에 대처하는 우리의 자세

D는 회사에서 사고를 치고는 며칠째 먹지도 자지도 못하고 끙끙 앓고 있다. 회사에서 운영하는 쇼핑몰의 판매 페이지를 업데이트하면서 판매 정보를 실수로 잘못 올린 것이다. 원래 가격에서 0하나가 빠진 가격으로 써넣은 걸 모르고 있었다. 빨리 발견하지 못하는 바람에 잘못된 가격대로 물건을 산 사람들이 있었고 일부는 배송까지 나가고 말았다. 고객 항의는 빗발치는데 회사는 회사대로 금전적 손해까지 입자, D는 걱정이 되어서 죽을 지경이었다.

그 사고 뒷수습을 하는 며칠 동안, 그녀는 쓰러져 병원에 실려가기 직전의 안색을 하고 유령처럼 회사와 집을 오갔다. 보다 못한 여자 선배가 밥을 사준다며 그녀를 불러냈다. 선배와 단둘이 밥을 먹고 맥주 한 잔이 들어가자 저절로 눈물이 났다.

"과장님, 저 이제 어쩌면 좋아요……. 엉엉……."

선배는 그런 그녀가 좀 진정되기를 기다린 뒤 말했다.

"그렇게 걱정만 한다고 뭐가 달라져? 정신 차리고 앞으로 살 생각을 해야지."

"하지만, 걱정이란 게 안해야지 한다고 안할 수 있는 건가요? 상황이 이런 데 어떻게 걱정이 안 되겠어요."

그러자 선배는 D에게 질문을 던졌다.

"그러면 넌 지금 뭘 걱정하고 있는 건데? 네가 생각하는 최악은 뭐야?"

"그거야 부장님께 혼나고, 시말서 쓰고, 회사 잘리고……."

"좋아, 그럼 그 중에서도 제일 최악은 회사에서 잘리는 거라고 치자. 회사에서 잘리고 나면 네 인생이 끝나니?"

선배의 말에 그녀는 잠시 회사를 나온 다음의 일에 대해서 상상했다.

'먼저 기분전환 삼아 몇 주 동안 유럽 배낭여행이라도 다녀올 거야. 그리고 돌아와 곧바로 다른 일자리를 알아보기 시작할 거고. 경력이 있으니 어렵지 않게 취업이 될 거야. 사고 치긴 했지만 내가 일 못하는 편은 아니니까. 만약 평판이 나빠져서 동종업계에 취업을 할 수 없다면? 전에 아빠가 취직이 안 되면 우리 집 식당 일이나 도우라고 했지? 월급 준다고.'

정리해보니 그녀가 그동안 잠도 못자고 밥도 못 먹고 울기만 하면서 걱정하던 최악의 삶의 모습은 집안의 식당일 도우며 간간히 아르바이트도 하는 것이었다. 그녀가 세상이 끝날 것처럼 걱정하던 것만큼 감당 못할 그림은 아니었다.

그제야 D는 마음이 좀 편안해지는 것을 느꼈다. 그런 그녀를 보고 선배는 어깨를 두드리며 격려를 해주었다.

"이제야 말한다만 그 정도 실수 한 번에 해고까지는 되지 않아. 비리를 저지른 것도 아니니까. 지금 네 상태로 발만 동동거리고 있는 건 네가 지금 미안해하고 있는 회사에 피해만 더 끼치는 일이라고. 이제 좀 기운 내서 만회할 수 있겠니?"

데일 카네기는 문제가 생기면 가장 최악의 상황에 어떤 일이 생기는지 예상하고 감당할 수 있는 것인지 생각해보라고 권한다. 그건 문제가 생기기도 전에 최악의 상황부터 예상하고 미리 걱정하는 것하고는 다른 것이며, "어떻게든 되겠지"라며 마냥 손 놓고 있는 것과도 다르다. 문제를 주시하면서 그 상황에서 자신이 할 수 있는 일을 찾고, 어쩔 수 없는 부분에 대해서는 걱정을 멈추는 것이다.

독한 자신을 믿어라

의외로 사람들은 문제의 실체를 제대로 알지 못한 채 걱정만 하는 경우가 많다. 이야기의 주인공 D처럼 눈앞에 놓인 문제와 당장 윗사람들에게 문책 당할 상황만 두려워할 뿐 그 일의 전체적인 윤곽과 결론을 미처 생각하지 못하는 것이다. 걱정거리가 생겼을 때 최악의 상황을 미리 생각해보고 나면 의외로 막연히 두려워하던 것만큼 심각하지 않을 때가 많다. 웬만한 최악의 상황들은 지금 내가 속을 끓이며 지옥을 경험하는 이 순간보다는 낫다.

걱정과 그에 따르는 절망에서 끝까지 헤어 나오지 못하는 사람들은 환경을 사람의 의지로 뛰어넘을 수 없다고 굳게 믿는다. 그들에게는 아픈 상황의 원인과 해결책을 자신에게서 찾을 여력도 의지도 없다. 언제나 '안 되는 것'들을 부연하는 논리들은 다 맞는 말들이기 때문에 그들을 논리로 설득하는 것도 쉽지 않다.

누구나 알다시피 세상은 불공평하다. 기득권층은 아래 계층의 사람들에게 기회를 나누어주려고 하지 않고, 그들이 만들어 놓은 세상의 규칙들은 가진 것 없는 이들에게는 더욱 불리하다. 그것은 조금씩 나이가 들고 눈이 밝아질수록 알기 싫어도 알게 되는 것들이다. 적지 않은 사람들이 자신이 깨달은 세상의 나쁜 이면을 세상의 전부라고 생각하고, 그런 세상의 주류가 된 사람들에게 무조건 환멸을 느낀다.

사악한 세상의 이면을 알아버린 자신을 철들고 현실적인 '진짜 어른'이라고 자부한다. 재미있는 것은 그런 사람들조차도 긍정적인 사람들을 좋아한다는 점이다. 불평하는 사람, 희망 없다고 말하는 사람은 공인으로서도, 연인으로서도, 업무 파트너로서도 인기가 없다.

그래서 청년기를 벗어나 사회에 나선 사람들은 점점 '대외적으로만 긍정적인 사람'이 된다. 함부로 불평을 입 밖으로 내지 않고 좋은 쪽으로만 행동하고 말한다. 하지만 그런 이들 중 상당수는 속으로 삶의 좋은 면들을 부정하는 쪽으로만 논리가 정연해지기 쉽다.

그러면서 자신의 걱정을 남에게 전염시키기도 하는 것이다.

한 가지 기억해야 할 것은 누군가를 절망에 빠지게 한 것이 세상 탓일 수는 있으되, 거기서 벗어나는 것은 그 사람의 책임일 수밖에 없다는 것이다. 진짜로 좋은 어른이 되어가는 사람은 자신의 경험을 좋은 방향으로 이용할 줄 안다.

반면, 아집을 굳히는 시멘트로밖에 경험을 쓸 줄 모르는 이들은 나이가 들어도 발전이 없다. 끊임없이 걱정을 하고, 걱정거리를 자기 변명의 구실로 삼고, 주변 사람들에게까지 걱정할 이유를 납득시키곤 하는 것이다. 그들이 긍정적인 사람에게 가장 많이 쓰는 말이 "너는 세상물정을 몰라"이다.

어려움에 처해 누군가의 조언이 필요하다면 비슷한 어려움을 겪고 그대로 주저앉은 사람이 아닌, 그것을 극복한 사람에게 들어야 한다. 회사에서 사고 친 D에게 경험에서 우러나온 조언을 해준 선배 과장처럼 말이다. 어떤 길로 향하는 장애물을 넘지 못한 사람에게서는 그 장애물을 넘는 어려움에 대한 이야기밖에 들을 수 없다. 그 너머 펼쳐진 더 먼 길을 보여줄 수 있는 사람의 이야기를 들어야 장애물을 뛰어넘어 더 멀리갈 수 있는 힘을 얻는다.

사람 사는 일이 다 그렇듯 나도 지옥을 통과하는 기분이 어떤 것인지 잘 알고 있다.

스무 살 때는 그 지옥 안에서 누군가가 헬기를 타고 나타나 나를 건져주기만을 간절히 바랐다. 나에게는 불연처리가 돼 있는 사륜구동 차도, 아래에서 불꽃이 이글대는 크레바스를 건너뛸 수 있는 운동 능력도 없었으므로 그런 구원자 없이는 지옥을 벗어날 수 없다고 단정 지었다. 그러다 헬기 따위는 나타나지 않는다는 걸 알게 되는 데는 그리 오랜 세월이 걸리지 않았다. 알고 보니 사람들은 저마다 자기만의 십자가를 지고 있고, 아무리 능력 있거나 가깝더라도 남을 지옥에서 단박에 탈출시킬 수 있는 타인은 없었다.

그래서 고난에 처해보면 누구나 지독한 외로움을 느끼게 된다. 그럴 때 타인만 원망하다 주저앉게 되면 그 인생에는 희망이 없다. 결국에는 내 힘으로 빠져나가야 한다는 간단한 결론을 얻고 떨어지지 않는 발걸음을 한 걸음씩 보태야 하는 것이다.

그 과정이 자신의 인생에 도움이 될 것이라는 자기 위안이나 지옥을 천국으로 바꾸겠다는 의지 같은 것을 품고 초인처럼 내달릴 수 있는 사람은 극소수이다. 그저 당장 한걸음 앞을 알 수 없는 막막함 속에서 발끝에 집중해 한 걸음 한 걸음 최선을 다해 내딛을 수밖에 없으며, 그것만으로도 우리가 할 수 있는 것은 다 하는 것이다.

모든 것이 끝난 뒤에야 사람들은 지옥을 통과해 걸었던 모든 여정들이 앞으로 없던 길도 뚫을 수 있는 근력을 길러주었다는 것을 알게 된다. 그리고 다음으로 통과하게 될 크고 작은 지옥들에서는 그 미욱한 걷기를 보다 빨리 시작할 수 있게 되는 것이다.

지독한 곤란과 슬픔에 처해 있다면 독한 자신을 믿어라. 그리고 자신이 지금 잘 해내고 있다는 것을 인정하라. 주저앉지만 않는다면 지상의 지옥은 반드시 끝을 보이게 되어 있다.

유럽에서 유학을 하고 온 친구가 이런 말을 한 적이 있다.

"내가 그곳에 사는 친구들에게서 가장 부러웠던 게 뭔지 아니?"

복지, 문화, 자유, 교육 등 갖가지 답들이 떠올라 우물쭈물하고 있자 그녀가 내처 답을 이어갔다.

"거기에서는 어떤 삶을 선택하든지 가까운 곳에서 롤 모델을 찾을 수 있다는 거야."

그녀의 말에 나도 고개를 끄덕일 수밖에 없었다. 이 땅에서의 젊은이들의 롤 모델이라면 어려운 환경에도 불구하고 고시에 합격하거나 대기업에 들어가거나, 사업을 일으켜 돈방석에 앉는 사람 외에는 달리 생각나는 게 없다.

내가 탭댄스를 추어서 먹고 살고 싶다거나 떡볶이를 팔아서 사람들을 감탄시키고 싶다는 야망이 있을 때 그 욕망을 실현해 행복하게 잘 살며 닮고 싶은 생각이 절로 드는 사람을 찾기가 쉽지 않다. 탭댄스를 추되 그저 취미일 뿐인 사람이나 그걸 직업으로 삼고 있으면서 생계 이어가기가 쉽지 않은 사람, 혹은 그저 떡볶이로 돈을 벌었기에 부러운 사람들만이 존재할 뿐이다. 그건 우리 사회가 사람이 행복해지는 방법들을 일률적으로 정해 놓아서 그렇다. 몇 개 되지 않는 매뉴얼들을 정해 놓고 거기서 벗어나면 성공하거나 행복하지 않은 것이라고 못박아 두는 것이다. 자신만의 방식으로 살고 싶은 사람들이 기준으로 삼고 따라갈 지표를 찾기가 어려운 건 당연한 결과이다.

롤 모델이나 멘토를 찾을 수 있다는 것은 뜻한 길로 나아가는 데 있어서는 굉장히 중요한 일이다. 그 사람이 대단한 정보나 도움을 주지 않더라도 존재 자체만으로도 힘이 된다. 그러나 도무지 그런 사람들을 찾을 수 없다면 힘들더라도 내 자신이 멘토가 되겠다는 쪽으로 마음을 바꾸는 것도 필요하다.

사하라 사막이나 남극 같은 오지를 배경으로 열리는 마라톤에 참가하고 국내에 소개하는 지인은 '오지 레이서'라는 특이한 직업을 갖고 있다. 그가 오지 레이스라는 것에 매료되어 잘 나가던 건축설계사 일까지 그만두고 방법을 아는 사람을 찾아 헤맬 때 한국에서는 조언을 해줄 사람을 찾을 수 없었다고 한다. 조언은커녕 사람들은 그가 남들이 가지 않는 길을 간다는 이유만으로 조롱과 욕설을 퍼부었다. 결국 그는 혼자서 길을 찾아냈고, 지금은 하고 싶은 일을 하면서 자신과 같은 꿈을 가진 사람들의 롤 모델이 되어주고 있다.

서른은 성공을 향해 가는 방향을 분명히 하고 자신의 튼튼한 팔뚝으로 직접 노를 저어 나아가고 있어야 하는 때이다. 그런데 그 성공의 기준이 허공에 떠 있는 것이라면 문제가 있다. 왜 꼭 여자 롤 모델은 0.001퍼센트에 해당하는 힐러리나 칼리 피오리나 같은 이들이어야만 하는가. 평범한 삶 속에서도 자신만의 성공을 이룬 사람들이 얼마든지 있으며 당신의 모습도 누군가의 꿈이 될 수 있다. 세상에서 성공하는 모든 사람들은 능력 있거나 똑똑한 사람일 것 같지만 모든 능력의 계층에는 각자의 능력 범위에서 성공을 거둘 수 있는 여지가 있다.

'내가 아닌 나'로 변신하지 않아도 '더 나아진 나'로서 훌륭한 사람이 되는 것을 목표로 삼고 노력하는 이들의 삶은 빛을 잃지 않는다. 누군가가 닮고 싶은 사람이 되고 싶다는 욕망은 당신을 한결 아름답고 독하게 만들어줄 것이다. 서서히 다변화되고 있는 세상에서 멘토가 없다 불평하지 말고, 멘토와 멘티의 피라미드형 계보의 첫 꼭지점이 되라.

사람들은 낯선 면을 드러내는 사람이 처음 눈에 띌 때에는 이물감을 느끼며 돌을 던지다가도 이내 그에 익숙해지면 오히려 새롭다고 박수를 보낸다. 당신의 꿈이나 욕망이 타인에게 환영받지 못한다 해도 온건하게, 조금씩, 그러나 포기하지 않고 발전시킨다면 어느 순간 당신 자신이 누군가의 꿈이 되어 있을 것이다.

에필로그

한없이 유연한 대나무처럼

어린 시절 가족과 함께 보던 드라마가 있다. 여주인공이 남자에게 배신당하고 죽음 직전까지 갔다가 살아나 악에 받혀 사업에 성공해서는 자신의 능력으로 전 애인을 응징한다는 줄거리였다. 그녀가 사업에서 승승장구하는 모습을 보고 있자니 '저렇게 극단적인 상황에 몰리면 독해질 수 있고 그러면 성공할 수 있겠구나' 하는 생각이 들었다. 그때 이미 나는 자신을 버리는 사람만이 성공을 하고 나아가 멋진 인생을 살 수 있다고 믿기 시작했던 것 같다. 이후 어른이 되어 내가 살고 싶은 삶을 향해 달려가는 과정에서 심한 자책감에 시달리게 된 게 그 한 편의 드라마 때문이었다고 한다면 너무 심한 비약일까.

나는 빼어난 재능이 없으면서도 충분히 독하고 모질지 못한 내가 원망스러웠으며 나 자신이 뭔가를 이루도록 생겨먹지 않은 사람일 수도 있겠다고 생각했다. 그땐 한 치의 오차 없이 나를 밀어붙이고, 매일 밤을 새우며, 원하는 것을 남과 싸워 이겨서 얻어내는 게 독한 것이라고 믿었다. 지금 돌아보면 내가 상상했던 '독한 여자'의 모델이 강박증 환자였나 싶을 정도이다.

정말로 독한 것은 살아남는 것이다. 자신의 일에서, 꿈에서, 혹은 원하는 삶에서. 내가 어렸을 때 동경했던 독한 모습에 최대한 가까웠던 여자들 중 지금까지 살아남은 이는 단 사람도 없다.

나는 삶의 과제가 쓰나미처럼 밀어닥치는 서른의 당신이 살아남기 위해 자신을 너무 독하게 몰아붙이지 말기를 바란다. 내가 알고 있는 진정한 의미에서의 독종들은 욕구와 현실 사이에 든든한 자아를 올려놓은 사람들이었다. 가끔 욕구나 현실에 무게가 더해져 잠시 균형을 잃기는 하지만, '나 자신'이 단단히 중심을 잡고 있기에 추가 떨어지지 않는다. 진짜 독종의 정체는 내가 잘못 알고 있던 것처럼 자신을 버리는 사람이 아니라 자신을 끝까지 포기하지 않는 사람이었던 것이다.

서른의 당신은 실속 없이 욕만 얻어먹는 독종의 허세에서 벗어나 한없이 유연해져야 한다. 이를테면 대나무처럼 말이다. 유연하게 바람을 받아 휘면서도 같은 두께의 그 어떤 단단한 나무보다 강하고, 마디가 분명하다. 경험과 젊음, 모든 것을 다 가졌지만 이리저리 흔들리는 서른 무렵에 필요한 미덕이다.

많은 이들이 '아무것도 몰라 차라리 편했던' 스무살 그 시절을 그리워하며 서른을 앓고 있다. 그러나 알고 보면 삼십대는 삶을 어느 정도 자신의 통제 하에 둘 수 있는 지혜와 아직 시들지 않는 젊음이 교차하는 유일한 시기이다. 그저 아름답기만 했던 이십대 시절보다 운신의 폭이 넓어져 삶을 누릴 수 있는 삼십대는 사실 남들의 시각이나 스스로의 자각보다도 훨씬 근사하다. 이 땅의 모든 삼십대들이 저마다 자기 예쁜 걸 알고 나보란 듯 활짝 피어나는 꽃이 되기를 바란다. 모두의 삶이 꽃피는 나날이기를!

서른을 배우다

대한민국 여성들의 멘토 남인숙의 서른 살 응원가

1판 1쇄 발행 2017년 1월 2일

지은이 남인숙
펴낸이 이영희
펴낸곳 도서출판 이랑

주소 서울시 마포구 독막로 10, 608호
전화 02-326-5535
팩스 02-326-5536
이메일 yirang55@naver.com
블로그 http://blog.naver.com/yirang55
등록 2009년 8월 4일 제313-2010-354호

ISBN 978-89-98746-25-4 03810

이 도서의 국립중앙도서관 출판시도서목록(CIP)은 e-CIP홈페이지(http://www.nl.go.kr/ecip)와
국가자료공동목록시스템(http://www.nl.go.kr/kolisnet)에서 이용하실 수 있습니다.
(CIP제어번호: CIP2016030998)